N^3

N3

N^3

幸福主義

永 遠 追 求 心 靈 的 飽 足

幸福主義07

在戀人與非戀人之間

作者　朱衣
責任編輯　繆沛倫
編輯協力　琦珞創意設計
封面設計　三人制創
美術編輯　林家琪
法律顧問　全理法律事務所董安丹律師
出版者　大塊文化出版股份有限公司
台北市105南京東路四段25號11樓
www.locuspublishing.com
讀者服務專線　0800-006689
TEL:(02) 87123898　FAX:(02) 87123897
郵撥帳號　18955675
戶名　大塊文化出版股份有限公司

總經銷　大和書報圖書股份有限公司
地址　新北市新莊區五工五路2號
TEL:(02) 89902588（代表號）　FAX:(02) 22901658

初版一刷　2013年11月
定價　新台幣 280元

Printed in Taiwan　ISBN 978-986-213-474-0

在戀人與非戀人之間

The Line Between Lovers and Acquaintances

朱衣 著

目錄

Story 01

不婚男子的戀家情結

這兩個人，誰也料不到愛情已經在那兒了。
至於情慾，還撲朔迷離。

——莒哈絲

春天下過的第一場雨使台北的空氣聞起來清香甜美。

我穿著球鞋，獨自慢跑在森林公園中，潮濕的樟樹四處飄散著清新的香氣。這樣的季節是屬於情人的感覺，而我，在尋覓愛情多年之後，依舊單身。

突然間我顛簸了一下，低頭看看腳上穿的球鞋，還好只是踢到一顆小石子，沒有什麼大礙。這雙白色的NIKE是去年買的慢跑鞋，原本計劃好要開始運動的，現在一年過去了，這雙鞋子只有在試穿的時候穿過一次，買回家就束之高閣了。

昨天上班的時候，隔壁的同事米雪兒好心的告訴我：「莎賓娜，妳知道嗎？穿低腰的裙子會使小腹變小一點。」我瞪了她一眼，卻也不得不承認她的觀察沒錯。

畢竟這是我生命中的第三十五個春天，如果我自己不好好珍惜，沒有人會跟著我一起讚嘆天光雲影的美麗。我轉過小徑，打算早一點結束慢跑。一個人運動似乎有點寂寞。

一位穿著運動裝的男子迎面而來，他的臉上散發著淡紅色的光彩，顯然是經常運動的效果。小徑非常的狹窄，我不得不暫停，靠邊一下。他卻也停下腳步，對著我笑了，「嗨！妳是新來的？以前沒看過妳。」

「哦——我是第一次來。」

「一個人慢跑不太習慣吧？剛開始都是這樣，加油啊！」

他說完便繼續往前跑。我待在原地，懷疑著這樣健康開朗的男人是否真的存在。在我的生活與工作的領域中，多的是體弱多病、臉色蒼白、自命不凡的男子，像這樣身材健美、肌肉發達、充滿自信的男人，或許，只是個毫無才華而且頭腦簡單的男人？

我回到公園附近的公寓，淋浴、化妝、準備上班。這一天的工作心情出奇的好，我打算加班到十點，把上個月積欠的報表寫完。米雪兒臨走時跟我說：「別太辛苦了，超過十點才睡覺很容易老的。」

第二天早晨我一如往常七點鐘醒來，鬧鐘在六點時響了也沒用。昨天加班到九點就不支倒地，搭捷運回到公寓已經十點半。過了睡美容覺的時間，果然覺得自己蒼老了許多。

我起床洗過澡，化妝完畢，準備搭電梯下樓。電梯卻在一樓停了許久，我忍不住把上下樓的按鈕都按了。當電梯到了我住的八樓時，門打開來，裡面竟是昨天的那名男子。他仍然穿著運動服跟球鞋，顯然剛剛慢跑完畢。

「嗨！妳也住這裡啊？今天沒去慢跑哦？」

「我——今天起太晚了，明天吧！」我尷尬的看著電梯門關上。

就這樣我認識了這個四肢發達，頭腦卻也不簡單的男人麥可。年過四十，依舊單身的麥可在一家外商公司做事，中階主管的職位，讓他有優渥的收入，卻不會忙得頭髮稀疏。麥可說他喜歡聽音樂，常去國家音樂廳看歌劇。平時最喜歡逛誠品，有一次還在誠品的家具部門買了一個玻璃櫥櫃，可惜地震的時候給震垮了。

麥可雖然和我住同一棟大樓，但我的屋子是租來的，他的卻是貸款買來的。他告訴我：「做人要有長遠的眼光，年輕的時候早一點投資，才不會到五六十歲還在付貸款。」

麥可不但勤於運動，而且注重皮膚保養，每個星期要去做臉一次，偶爾太疲勞還要去ＳＰＡ一下。我說我忙得沒空做這些事，他很憐憫的看著我說：「莎賓娜，如果妳不懂得愛惜自己，就沒有人會愛妳的。」

我瞪著他梳得一絲不苟的頭髮，心中猜想著他到底眞的知道愛是什麼嗎？

麥可邀請我去他家的那天，我細心的穿上了絲襪高跟鞋，才兩層樓的距離，我想我的腳不會因此而痠痛。

他的家在十樓，漆成深藍色的大門顯現出主人不凡的品味。

我坐在義大利白色沙皮發上，擔心會不會弄髒了沙發。他在高科技的廚房中調配雞尾酒，普契尼的「蝴蝶夫人」正唱得哀怨。我有點無聊的翻開桌上的照片簿，打開來看到上面寫著「麥可的個人紀念冊」。各種不同姿態的麥可在對我微笑，我有點噁心的放下簿子。

如果這算是一種約會，起碼我對主人應該有一點尊敬之心。我放下一些個人的偏見，打算起身上洗手間。其實我不是眞的想上廁所，只是想去看看鏡中的自己。洗手間裡的馬桶顯然剛剛刷過，很乾淨。空中還飄散著松樹的清香。

麥可端了一杯橘色的酒出現在我面前，他說：「在戀人與非戀人之間，橘色是最安全的顏色。」

這是一個需要安全感的戀家男人，一個典型的新好男人，我不知道這是不是我想要的男人。麥可靠著我坐在沙發上，Polo襯衫散發出迷迭香神祕的氣味。

看完音響極佳的ＤＶＤ，已經過了午夜十二點，我正在想要不要離開。麥可突然有點困難的說：「莎賓娜，妳知道嗎，每天我都想著妳，想要邀妳來我家。但是每天我一打開門，就覺得這個家容納不下一個女主人。我想我們還是做朋友好了。」

就這樣，我的生活中多了一個朋友，少了一個可以結婚的對象。至於愛情或情慾，就像他調的那杯橘色的酒，正如書寫《情人》的莒哈絲的形容，還撲朔迷離。

小學的時候，女孩以為男孩總有一天會長大，不會永遠喜歡拉女孩的辮子；中學的時候，女孩以為男孩總有一天會長大，不會永遠喜歡寫真集上的爆乳；大學的時候，女孩以為男孩總有一天會長大，不會永遠拿女人當成哥兒們間炫耀的工具。

然而，即使出了社會，有些男孩還是男孩，只關注在自己得到什麼和失去什麼，卻忘了一段關係中，除了自己，還牽涉到另一個人。

永遠的男孩，不是女人的菜。

Story 02

無國度戀愛

在忙碌的街頭，我期待著漂流而至的愛意，
我假裝若無其事，左顧右盼，
像一隻貓踮著腳尖走路，
在行色匆匆的路上期待著愛的邂逅。

台北是一個充滿了奇蹟的城市，總有一些人或一些事等著妳去發掘。每一天我都帶著這樣的希望，重新展開一天的生活。

那晚離開麥可的公寓後，已經三個多星期沒見到他。雖然很想假裝成女強人的模樣，堅持不打電話，也不去晨跑，但愛情的傷痛是亙古常新，從來沒有變過的。米雪兒看出我的消沉，便邀我下班後一起去吃飯聊天。

米雪兒是個體貼的人，雖然已經工作多年，仍然對愛情保持著純潔的憧憬，一心只想碰到一位白馬王子，因此她隨時在存錢，好等到白馬王子出現時，她可以在南瓜馬車上裝滿美麗的嫁妝。

我們來到一家有露天咖啡座的小店，夏天的夜晚暑氣已退，卻仍然有點悶熱。米雪兒才剛坐下來，手機就響了。她接起電話，「啊！薇薇安，我跟莎賓娜在一起，妳要不要來？怎麼啦？——好好，待會兒見！」

米雪兒掛斷電話，皺皺眉頭說：「不知道薇薇安發生什麼事了，她說馬上過來。」薇薇安是企劃部以前的同事，離職之後仍然保持來往。女孩子之間的情誼總是這樣的細水長流，好像要斷了線，卻因為一些感情的失意或傷痛，又重新聯繫起來。

我們才剛剛點完菜，薇薇安就出現在餐廳門口，手上拎了一個大包包，一頭染過的卷髮看起來怒氣沖天的樣子。「怎麼啦？」我小心翼翼的問。看到薇薇安的模樣，我已經把自己的問題拋到九霄雲外了。

「哼！我就不相信我薇薇安會找不到一個更好的男人！」

原來一年多前，薇薇安認識了一個公車司機。那天晚上她加班到很晚才回家，下了捷運再轉搭公車，車上已經沒幾個人了。忙了一天的薇薇安覺得很疲倦，不知不覺就睡著了，最後她是被一個低沉的聲音叫醒的。「小姐，已經終點站了，妳要到哪裡下車呀？」

薇薇安嚇得跳起來，叫道：「這是哪裡呀？我不知道要怎麼回去了！」眼前的男人身材高挑，肌肉結實，有一張忠誠的臉孔。薇薇安立刻喜歡上這樣的男人。事實上，她對男人的品味一向大公無私，因爲在她的愛情世界裡，愛情是沒有邊界、國度與階級的。

那個公車司機體貼的對她說：「小姐，不要擔心！我送妳回家。」那天晚上，公車司機陪著她走在夜色裡，兩人都有青春的心情與浪漫的感動。

從此，薇薇安有了一位公車司機情人。薇薇安常常跟他在公車上約會，陪他開車走過台北的街頭，看遍街頭的樹梢在春天冒出的新芽。兩人的情感如膠似漆，尤其他的床上功夫更讓薇薇安感覺自己找對了人，畢竟在這樣的城市裡，沒有心靈的共鳴，能有身體上的共鳴也是一種幸福吧？

兩人交往了半年多之後問題出現了。薇薇安告訴我們：「我並不在乎他的身分地位，公車司機也是一個很好的職業，問題出在他母親身上。」

有一天，公車司機家裡大拜拜，邀她一起來吃晚餐。薇薇安一出現，公車司機的母親就吐了一口檳榔汁，然後開口了：「幹××，妳怎麼空手來，會賺錢也不知帶點汽水來！」薇薇安當場怔住了。她長了這麼大，還從沒被人這樣罵過髒話，眼淚馬上要流出來了，公車司機卻若無其事的找了個位子坐下來，準備吃飯。那是第一次，薇薇安發現愛情之中還是有階級意識的問題，雖然她不想承認，卻不得不面對。

不過，薇薇安是個偉大的女性，過了一陣子之後，她仍然克服了這個問題。她說：「愛情眞的能克服一切！我只要跟他在一起，又不是要跟他媽過一輩子，想到這一點，我就不擔心了。何況每次他送我回家時，臨別那種依依不捨的感覺，是我從沒有在別的男人身上發現的感動。」

但現在薇薇安好像忘了自己曾經有過的感動，氣呼呼的坐在我們面前。

「薇薇安，不要把自己氣壞了，」米雪兒體貼的說，「告訴我們發生了什麼事？」

「妳知道嘛，前一陣子我不是跟妳說，我要改造我的男朋友嗎？」

心中充滿愛與和平的薇薇安並不計較男友的出身與家庭背景，決定要展開自己的改造計劃。她先是要男友跟她去上潛能開發課程，找出自己的潛力來，或許將來可以有其他的發展機會。

「他上的結果如何？」我好奇的問道。

「第一週還好，我們發現他還有很多別的才能，但是第二週他就不肯來上課了！他說他家裡很忙，但我看八成是他老媽不讓他來。她總是怕他花錢。其實學費都是我付的，她擔什麼心呀！」薇薇安還是氣呼呼的說著。

「除了上課，妳還做了些什麼改造計劃呀？」米雪兒追問道。

「我們去上過交際舞、禮儀課、太極、英文課……」

「什麼？英文課？怎麼上呀？」

「對呀！我們程度不同，到最後只好我來教他，他又有點不高興學了。不過這些都是小事，最大的問題出現在今天！」

原來薇薇安的公司今天舉辦了一場派對，邀請客戶及公司同事、家人一同參加，是一個很溫馨的聚會。薇薇安想這是很好的機會，剛好可以將男友介紹給大家認識。她在一個星期前就去買了一套男裝，想要在今天讓男友驚喜一下。畢竟，人要衣裝，穿得稱頭一點多少能給人一點好印象。

「今天我還提早下班，匆匆忙忙趕到公車總站，他剛開完車，在那裡等我。我要他換上新買的衣服，誰知他卻大發雷霆，不肯跟我去了！」薇薇安說著眼眶都紅了。「他要我不要瞧不起他，雖然他是個公車司機，也是有尊嚴的。他還說要跟我分手！」

我跟米雪兒都沉默下來了。薇薇安談的是無國度的戀愛，我不想再問她是否還是相信愛情之中並沒有階級意識的問題。

愛情總離不開愛與被愛。

但當人對自己能被愛缺少一份信心時，往往懷疑對方究竟為何會愛上自己，千方百計的試探，只為了確認他愛的是真正的自己——有美好之處也有醜陋一面的自己。

當情人觸摸著自己的傷疤，溫柔說著「我愛它，也愛妳」時，全身細胞都接收到愛的訊息讓妳心滿意足，但妳卻指責情人的傷疤嫌棄它的醜陋？

究竟是情人不夠好？還是妳的愛有條件？

或者，妳只愛自己？

Story 03

賢妻良母的必要條件

幸福，莫名其妙就來臨了。
沒有理由，沒有開始，
就突然存在你我之間。
微笑、呼吸，都是一種幸福。

每個人都有上癮的基因，因此一開始就要避免上癮的機會，避開罪惡的誘惑。

這個夜晚，在台北市某個安靜的公寓裡，我把一整盒的蛋塔扔進了垃圾桶，當作是一次成功的逃避——逃避了罪惡的引誘，躲開了上癮的機會。不過到了半夜兩點，我知道自己仍然掙扎在罪惡與聖潔之中。

這時電話鈴聲竟然響了。敢在這個時候打電話來的人，不是我媽就是米雪兒。我接起電話，沒好氣的叫了聲：「媽！什麼大不了的事要三更半夜打來？」

「我不是妳媽媽！我是米雪兒。」米雪兒的聲音有點可憐兮兮。

「什麼事不會明天到辦公室講呀？」

「可是我睡不著，不跟妳講一下話我會睜著眼到天亮的，明天就不用上班了！」

「妳今天晚上不是去相親嗎？爲什麼會睡不著？」

原來故事就發生在這裡。米雪兒一直想要嫁一個門當戶對的男子，有一份安定的感情，一個溫馨的家。這一點也不是苛求，但是在這個年代中，這卻變成了奢求。因爲一直沒有適當的對象出現，米雪兒的母親便要求她去相親，總覺得這樣子比較容易找到適合的對象。這半年來，米雪兒也確實去相過幾次親，約過幾次會，卻始終還沒找到自己的眞命天子。不過昨天下班時，米雪兒卻興高采烈的跟我說：「莎賓娜，我今天要相親的對象好像是我小學同學呢！我好緊張，不知道他還記不記得我？」

「我永遠搞不懂人爲什麼需要相親這回事，不過，我相信妳一定會找到幸福的。」

米雪兒甜蜜的笑著，好像幸福真的就在身邊。其實我每天也對自己這麼說：「妳一定會找到幸福的！」問題在幸福從沒找到過我。但是只要我不放棄，幸福總會在某個角落被我撞見吧？

米雪兒開始告訴我她今天晚上發生的悲劇：一開始相親都很順利，小學同學雖然不太記得她的名字，但是也模糊的聯想起童年的時光。米雪兒卻記得他總是頭髮理得短短的，跟女生同桌坐的桌上一定要畫一條粉筆線，以示清白。

現在的他也是理著短短頭髮，很規矩的坐著，連茶杯都不敢動一下。旁邊的媒人說：「阿蒙從小就是個規規矩矩的小孩，在我們鄉裡是出了名的乖孩子。大學畢業又出國念書，連女朋友也沒交過呢！」

米雪兒瞄了他一眼，心想：「如果女朋友都沒交過，什麼經驗都沒有，那會不會很難相處呀？」

阿蒙仍然眼觀鼻、鼻觀心的坐著，像是老僧入定。直到飯局結束，媒人趁阿蒙去付錢的時候，悄悄拉著米雪兒說了：「米雪兒，我可是話說在前面哦！要嫁到莊家，可是要容忍小老婆這回事的！」

「小老婆？妳什麼意思？」

「人家家大業大，有一兩個小老婆不算什麼的，妳想要金龜婿，就得想開這一點哦！」

米雪兒還沒反應過來，阿蒙走回座位，媒人就起身走了。阿蒙靦腆的笑著對米雪兒說：「米雪兒，我還記得妳小時候的模樣，留著長長的辮子，每次都被男生欺負。」

「是啊！每次男生就愛抓我的辮子，有一次還有人把我頭髮釘在桌子上，害我跌了一跤。」

阿蒙噗哧的笑出聲來，又不好意思的說著：「其實——就是我啦！我一直不敢跟老師講，怕被老師打！」

二十年後眞相大白，米雪兒便說：「既然這樣，那你要想辦法補償我了！」

阿蒙因此建議帶她去貓空喝喝茶，好讓她消消氣。雖然半夜三更出遊不符合美人的生活條件，但是爲了愛情與婚姻，還有一些心中解不開的謎題，米雪兒也只好犧牲一下了。

阿蒙是個不錯的同伴，他們又有相同的背景，兩人聊得很開心。從貓空的山頂往山腳下望去，台北的夜色並不深沉，隨時有閃爍的燈光亮起，像是浮動的人心隨時準備著緊急的事件發生。

這時候，阿蒙突然說了一段讓米雪兒睡不著的話：「米雪兒，大家都說我爸媽感情很好，其實別人不知道，我爸早就有外遇了。」

「什麼意思？他有小老婆？」

「還不只一個。因為他事業做很大，每開一個分店就需要有人照料。他發現跟店裡面的會計小姐發生關係，然後由那個會計小姐來管店，這間店就會成功，因此他已經不知道有多少個小老婆了。」

「那些女人就跟著他一輩子呀？」

「有些也會離開，他就付錢了事，另外再找人。」

「你媽難道不知道嗎？」

「剛開始不知道，日子久了當然知道了。但是她不會吵鬧，反而很懂得如何跟這些小女人相處，我爸最常說的例子就是當年他上酒家時，我媽還騎著機車載他上酒家呢！他常說女人就要做到這個地步，男人才會死心塌地的愛她。」

「你的意思是女人要有容忍小老婆的包容力，才有機會當上良家婦女？」

阿蒙有點嚴肅的思考了一下才說：「其實這也不是單方面的要求。我爸常說，我們在外面打拚事業，難免會有一兩個紅粉知己，如果女人不能體貼，動不動就要一哭二鬧三上吊，這樣子的家庭生活怎麼穩定得下來？男人如果沒有穩定的家庭生活，怎麼能努力拚事業呢？」

「那女人的感情問題呢？」

「我們會好好照顧妳們的呀！吃、穿、車子、房子、金錢都不是問題，還有一個穩定的家庭，妳還追求什麼呢？」

「但是你說有小老婆——」

「我爸要我告訴每一個相親的女孩子，要跟我結婚，唯一的條件就是要容許將來萬一我有外遇時，絕不能吵鬧，影響到我的事業！」

米雪兒聽了便冷冷的說：「好吧！爲了不影響你的事業，你還是送我回家吧！」

阿蒙看看她，欲言又止，但還是什麼也沒說，便送她下了山。

米雪兒告訴我說：「我很想要穩定的婚姻與家庭生活，難道這是奢求嗎？」

「不是奢求，是妄想。妳爲什麼不給阿蒙一個機會？妳怎麼不戰而退？妳怎麼知道他跟妳結婚一定會有外遇？」

「那妳敢保證他不會有外遇嗎？」

我當然不敢保證。我連一盒蛋塔的誘惑力都抵擋不了了，何況是男女之間的情事，又有誰能保證自己不會受到魔鬼的誘惑呢？

這個夜晚，雖然既不傷心也不快樂，我卻徹夜難眠。幸福總是突然之間來臨，卻也突然之間消失，問題就在妳永遠找不到理由。

年輕的時候，我們有數百顆草莓可以慢慢挑；年歲增長，草莓一顆顆被人挑走，漸漸的只能從別人挑剩的尋覓外觀比較完好的草莓。女人吃了幾次悶虧後，發現事情並非如眼前所見；表面有些擦痕、灰塵、不那麼漂亮的草莓不見得不好吃。

聰明人是用心去感受隱藏在表面下的甜美，而不是被美麗外衣所誘惑，而忘了買草莓的目的是為了吃，而不是觀賞。

Story 04

為一隻貓而結婚的男人

一場笑鬧過後，他倆之間的一切都不同了。
也許是從那時候開始，
他們走向了同一個方向；
也許是從那一天開始，
他們嘗到了同樣的愛情滋味。

在這擾攘不安的歲月裡，十年的戀情有時候比不上一夜情來得深厚。這是我最近對愛情生活的領悟，雖然用在我身上並不貼切，但是在瓊安身上，卻是千眞萬確的故事。

瓊安、我跟米雪兒是相識了十年的老朋友，在她出國之前，我們三個是死黨，每天下班之後都要一起吃喝玩樂一番才肯回家。

瓊安之所以會出國，是因爲當時在國外的男友寫的一封信。那個男人十分的浪漫，一封求婚的信也充滿了詩意。我還依稀記得信中的片段：

瓊安，這幾天晚上是踏著雪回宿舍的。上課途中下了雪，完全不知道外面已經變成一片銀白。等上完課，突然發現自己走進了一個陌生的世界裡，什麼都變了，連自己好像都生疏起來了。

或許因為天冷，傍晚走過校園時，一隻黑貓突然從樹林中竄出來，咪嗚咪嗚的繞著我的腳邊轉。或許連小貓咪也需要一個家吧！我想。

最後我讓這隻貓跟我回家，餵了牠一點牛奶，看著牠滿足的躺在沙發上，我突然有了成家的念頭。也許我就像這隻貓一樣，已經厭倦了流浪與飄泊，需要一個溫馨的角落可以讓自己的心靈安定下來。

為了一隻貓而想要結婚，對妳來說或許不可思議，對我來說，卻是一個很迫切的渴望。

當時的瓊安已經跟男友相戀了十年，卻還沒有結婚的打算，但是這樣一封充滿了危險訊號的信件，讓她放心不下。她很擔心在台灣的工作沒有更好的發展，遠在美國的男友卻有變心的可能，兩相比較之下，最後她還是選擇放棄了工作，到美國跟那個愛貓的男人結婚去了。

這是三年前的往事了。米雪兒跟我仍然在為單身生活而奮鬥，仍然在為如何找到「眞命天子」而努力，一天下班的時候，米雪兒卻接到一通越洋電話。她的嗓門一向很大，我遠遠的就聽到她在吼著說：

「什麼？離婚？妳想——回台灣？什麼時候——眞被妳嚇死了——」

我就猜到是瓊安打來的電話。一個星期後，我和米雪兒到機場去接瓊安。她整個人看來瘦了一圈，但是憔悴的神情中卻有一種神祕的愉快氣息。我很驚訝的看著她，說不出話來。倒是米雪兒問東問西的，最後瓊安只好說了：「雖然我們已經認識了十年，再加上結婚，一共十三年的時間，卻抵不上一夜情的力量。」

原來瓊安到美國結婚之後，每天生活平淡，丈夫早出晚歸，也沒有時間關心她的心情。因為生活中有太多的寂寞，她便開始上網，跟一些陌生人聊天，好打發一整天無聊的時光。

本來她覺得電腦虛擬空間都只是紙上談兵，打發寂寞，不會發生什麼問題。但是最近她交到一個網友，兩人卻變成無話不談的知己，最後她甚至覺得自己的丈夫都沒有這個人了解她。

在電腦上交往了一陣子之後，對方終於約她見面。她認爲自己是個有主見的成人，頂多交個朋友，不會出什麼狀況的。誰知見了面之後，兩人的感情卻一發不可收拾，最後還上了床。

米雪兒很憂慮的問道：「妳這樣做，不擔心安全的問題嗎？」

「傻瓜！這當然要處理好。問題不在這裡，最大的問題在我一點也沒有內疚感，甚至覺得很開心，很高興自己找到自己想要的快樂了！」

「那個——那個愛貓的男人不是會很傷心嗎？」我遲疑的問。

瓊安的神色黯淡了一下，但又開心起來，「如果他對我像對貓那樣關心，我想我們就不會拖了十年還沒結婚。一場太長的戀愛總是有些悲劇的因素，不是因爲受到別人的阻撓，就是自己在抗拒這樣的關係。」

米雪兒若有所思的說著：「也許分手也不是壞事，逼迫著自己成長，面對現實。」

瓊安看看她說：「米雪兒，妳怎麼啦？好像妳比我還要傷心呢！」

米雪兒甩甩頭，微笑著說：「沒有啦！我只是胡思亂想，我們還是去找個地方吃東西，爲妳接風吧！」

這天晚上我回家時，在電梯間碰到了麥可。這個曾經與我有過一夜情的男人現在看起來很陌生，好像連身上的香水味都變了樣，只是臉上仍然堆滿了笑容，看到我時誇張的說：「莎賓娜，long time no see，妳到哪裡去了？我找了妳好多次，還以爲妳不理我了。怎麼樣？下個星期找個時間碰面吧？」

我還來不及回話，電梯已經到了。我匆匆的微笑點頭，好像已經首肯，其實我有太多的話要說，但是短短的幾分鐘時間裡，誰又能眞正的說盡心事呢？更何況有的人花了十年時間仍然不明白對方的心情，或許，某種愛情不在乎時間的長短，只在乎剎那之間的感覺吧？而我，並不確定我是不是那樣的族群。只知道從某一天開始，我的心情已經不同了。

「我笑的時候，不代表我想擁抱；我讓你擁抱，不代表我答應和好。男人為何總是視覺的動物，輕易相信眼睛看到的假象？我不是沒有勇氣讓你知道我過得不好，只是我更希望和諧的假象，可以讓你不再不知所措。」

女人就是這樣，為自己好之前，還想著先讓男人好。

但女人得讓男人知道真相，因為真相的背後才是完整而真實的愛、微笑與擁抱。

Story 05

單身女子的愛情與靈修

陰天似乎在說一個故事，而我並不想聽明白。
在走過雨季時，我總是渴望著陽光。
在錯過一個男人時，我總是渴望著有機會重新開始。
或許這就是我的宿命——從來沒有在陰天裡聽故事的耐心。

這是個颱風來襲的陰雨天，所有的計劃都泡湯了。原本跟麥可定好的約會，也因爲颱風的來襲而成爲無法見面的一個好藉口。麥可打電話來時有點緊張，他匆匆的說：「莎賓娜，我很想見妳，但是我的窗子面向風口，我怕萬一颱風來了會吹破，我要忙著貼上膠帶，沒有心情約會了。我們下次再約時間好嗎？」

其實我不知道自己是更想見他一點，還是更想遠離他一點。雖然我們近在咫尺，只有幾層樓之隔，但人與人之間的距離有時就是隔著薄薄的一層衣服也陌生得可怕呢！

正在準備著如何度過颱風之夜，突然有人來敲門，我狐疑的從魚眼中望出去，看到一頭亂髮的薇薇安站在門口，眼線都化掉了。

我連忙打開門，問她說：「妳怎麼啦？」

薇薇安哭喪著臉走進門，手中捧著一疊的書跟資料。

「莎賓娜，今天晚上我可以在妳這兒過夜嗎？」

「沒問題，不——發生了什麼事呀？看妳垂頭喪氣的樣子！」

薇薇安重重的嘆口氣，把被雨淋濕的一堆東西往桌上一扔，便縮在沙發的一角，沒精打采的說：「給我一杯冰水好不好？天氣好熱，就連颱風來也一樣熱死人。」

我倒了冰水給她，然後小心翼翼的問她說：「妳不是說這個星期要去參加一個靈修團體嗎？怎麼還沒去呢？」

「唉！別提了。想到這件事就一肚子氣。」

原來薇薇安跟公車司機分手後，心情很低落，好像很難振作起來。雖然努力看勵志的書，拚命學習卻也抵擋不了內心的寂寞與哀傷。有一天她去企管中心旁聽一堂人際關係的課程，打算如果講師教得不錯，就繼續上下去。

誰知在班上認識了一個女同學，這個女同學看起來很樸素，說起話來頭頭是道，薇薇安馬上對她崇拜得不得了。結果她不是因爲老師，而是因爲這位女同學而交了學費，開始上那堂課。

過了沒多久，那位女同學開始跟她聊起到印度靈修的事。原來台灣單身的女子現在流行一種到國外靈修的活動，有的人到美國，參加各種心靈成長團體；有的人到印度，跟隨印度佛家子弟學佛法。那位女同學強調她喜歡到印度去，在那裡有一個安靜的道場，吃住都很單純，每天只要聽佛法念經，讓身心安靜下來。這原本是西方人熱衷的靈修方式，現在傳到了台灣，也開始成爲許多單身女性追求心靈成長的方式了。

「妳知道嗎？我同學說台灣的女孩子靈性比較高，對於佛法的領悟力很高，非常受到尊重呢！」薇薇安愼重其事的說著。

「哦？這跟妳去印度有關嗎？」

原本說得口沫橫飛的她突然垮下臉來說：「問題就出在這裡啦！」原來台灣的女性去印度靈修的愈來愈多，印度的佛教界便也派大師及弟子來台灣傳法，但是因爲派來的弟子都是年輕男子，經常接觸到台灣的美麗女子，難免忍不住思凡，據說最後只好限制年輕弟子來台灣，以免造成更多的問題。也因爲這樣，台灣女孩子要去靈修也變成限制多多了。像這次薇薇安原本要去的團體臨時被取消，竟是因爲團員中太多單身女性，對方的道場表示不太方便，就將日期無限延期了。

「薇薇安，妳覺得去道場修行眞的能幫助妳忘掉那個男人嗎？」我認眞的問道。

「說實在，我也不知道。我總是努力在告訴自己，甩掉一個男人或被一個男人甩掉，並不是什麼天塌下來的大事，但是我就是想不開，就是快樂不起來。」薇薇安說著眼眶就紅了。「我只是在想，如果我遠離這個環境，眼不見心不煩，或許會重新快樂起來。」

「愛一個人跟不愛一個人都好難好難，如果能夠不要碰到『愛』這個字，我們才能眞正的快樂起來吧？」

「怎麼可能呢？人生下來就是要學習愛，學習愛人與被愛的呀！如果不能被愛，起碼也要能愛人，愛自己。」薇薇安像是心理輔導老師開始對我講課。

「那請問妳，妳有沒有眞的愛過自己呢？」

薇薇安歪著頭想了一下，然後說：「天哪！好像沒有耶！我一直很討厭我自己的頭髮，像是鋼絲頭，從來沒法像別的女人頭髮那樣柔順美麗。我最不喜歡的是我的大腿，粗得跟象腿一樣。再美的人，只要有一雙象腿就不會好看！」

「蓬鬆的頭髮，其實很性感啊！象腿？不會吧？我只覺得妳臀部比較大一點而已，搞不好男人會因爲妳屁股大而愛上妳呢！」

薇薇安大笑起來，她說：「莎賓娜，如果妳是男人就好了。我一定會愛上妳的！」

很可惜我不是男人，這也是我的宿命之一。這天晚上沒有停電，也沒有停水，我們喝了一點葡萄酒，據說紅酒對身體有益。但是沒有了愛情，身體健康好像是種浪費。於是我們決定喝到微醺才肯入睡。

朦朧之中，我聽到薇薇安說：「如果我是男的，一定不要爲情所苦。」這又是她的宿命。因爲今生，她是個女子。總是在錯過一個男人時，渴望著重新開始。

「害怕失戀」與「失戀」不同，前者讓一段瀕死關係苟延殘喘，讓傷口繼續疼痛；後者雖然宛如世界末日，但末日之後，一個新的世界於焉誕生。

真正的失戀，就像一場自我放逐的末日之旅，旅行不是為了學會遺忘，而是學習如何接受人的不完美、如何挖掘自己更好的那一面、了解更適合我們去愛的人。

我們無須害怕失戀，只要我們懂得為何痛，失戀就能變得有意義。

Story 06

頭腦與身材的戰爭

有些人直到外出旅行，才知道風的溫度，食物的香味。
有些人直到失去愛情，才明白眼淚的鹹味，等待的辛酸。
我不是一個擅長把握現在的女人，永遠要等到失去一切時，
才明白那些酸甜苦辣原本就是生命的真實滋味。

薇薇安和瓊安相約一塊去旅行了。瓊安決定要在工作安定下來之前，先享受一下自由的滋味。而我沒有那種自由的心情，婉拒了她們的邀約。米雪兒一向不喜歡旅行，只要求她們回來時要告訴她一點行程中的艷遇。

其實米雪兒是個非常保守的女人。她自己不敢有艷遇，卻很羨慕別人的艷遇；自己從不敢背叛愛情，卻艷羨別人勇於突破愛情的困境。也因此

她總是愛聽別人愛情故事，自己卻從不敢眞正全心投入戀愛。但是最近米雪兒卻有了一點讓我驚訝的改變。

一天下午，我起身到茶水間喝杯咖啡。最近我們的部門換了一位新主管，新官上任三把火，每個人都被整得慘兮兮的。原本一個星期才要的企劃案，現在三天就要交出來，我已經兩天沒有睡好，想喝杯咖啡提提神。經過米雪兒的座位，無意間看到她神采奕奕的盯著電腦螢幕，手指也不停的敲著鍵盤。

我好奇的問她：「怎麼啦？這麼認眞呀？」

米雪兒卻伸出一根指頭壓在嘴邊小聲說：「噓，沒什麼啦！我正在跟一位帥哥聊天！」

原來米雪兒很羨慕瓊安能在網上交到一夜情的男友，她竟然也開始想要從網路上尋找浪漫。一開始的時候，米雪兒只是嘗試著進入網路聊天室，跟一些酷哥美女閒聊。爲了保護自己，當然她也用了一個化名——藍天使。米雪兒說藍天使是個充滿夢幻的美麗女子，今生來到人間是爲了完成前生未完成的夢想。夢想完成之後，藍天使就要回到天堂去了。我問她說：「眞的有人相信妳這些狗屁不通的捏造故事嗎？」

「爲什麼沒有？」米雪兒振振有詞的說，「網路上多的是寂寞的人，大家的膽子都很大，可以自由傾吐心事，沒有人會笑妳，也不會有人認爲妳發瘋……」

剛好這時候新主管保羅走過來，神情嚴肅的對我說：「莎賓娜，昨天交來的案子還有點小問題，請妳到我辦公室來一下。」

我連忙點點頭，跟著他走了。米雪兒跟她的網路情人就被我拋在腦後了。保羅的年紀與我相仿，個性卻跟我相去甚遠。我天馬行空，想到哪裡做到哪裡。他卻是一板一眼，一切照計劃行事。我總覺得這種人在工作上表現再傑出，在生活上卻可能是個低能兒，甚至可能很討人厭。尤其是自從他加入我們這個部門後，三天兩頭就找我麻煩，我早已經痛恨在心了。對我來說，戀愛和結婚都失敗，如果能有一份值得做下去的工作，我也可以活下去。但是現在這個討厭的男人，似乎連我這一點唯一的奢求也給剝奪了。

來到保羅的辦公室後，他開始認眞的跟我討論起案子中的小小缺失。

說了一大串之後，看到我臉色臭臭的，便終於暫停一下，又開口道：「莎賓娜，我觀察過整個部門，覺得只有妳還是可造之材，希望妳不要讓我失望。」

「哼！」我不高興的低哼一聲，「我不想當什麼可造之材。如果我能找個人嫁了，我想我就不會坐在這裡了。」

保羅皺起眉頭，不悅的說：「好，既然妳這麼沒志氣，那就去嫁人算了，不要來工作了！」

「對不起，如果我能把自己嫁掉，我早這麼做了。主管大人，這個案子我再回去修改一下，明天一大早就給您送上，可以吧？」

保羅無奈的看看我，揮揮手叫我離開。我吐吐舌頭，誰知道他心裡在想什麼？雖然我不是畢恭畢敬的屬下，但是在工作上我還是有一定的水平的。這一點我早已經明白。有實力但不會擺架子的人，只好永遠做屬下。換個角度來說，要能夠做主管，也要有忍一時之氣的肚量吧？我既不想做主管，也不想受氣，做一個盡責的屬下，多一點時間尋找自己的愛情天空，不就是一種幸福嗎？

從被主管「器重」的那天開始，我的工作就更忙碌，下班時間也更晚了。這樣也好，回到家剛好睡覺，沒空去想孤單與寂寞的問題。據說在無產階級的世界裡，勞動是一個神聖而偉大的名詞，現在我有點明白為什麼了。

過了幾個星期之後，一天下班之後，米雪兒哭喪著臉來找我。她的眼眶有點紅，好像才剛哭過的樣子。我陪著她走在夏夜的星空下，敦化南路的綠蔭在晚風中傳送著神祕的香氛。

「米雪兒，怎麼啦？妳的網路情人呢？」我開玩笑的說。

「哼！別提了！妳知道琳達吧？」

「知道啊！她不是才從別的部門調過來做妳的助理，不是嗎？」

「就是她。莎賓娜，妳老實說，我跟她比起來，誰比較有魅力？」

我端詳了米雪兒一下，看她一臉認真的樣子，便也認真的回答道：「論外表，妳是清秀佳人，她是火爆浪女。如果我是男人……可能一開始會被她吸引住。但是我比較喜歡妳的味道。妳優雅動人，頭腦又好，男人不被妳迷住才是怪事！」

「謝謝妳的鼓勵。但是可惜妳不是男人……」

原來米雪兒在網路上跟一批酷哥美女聊天打屁，終於在某一天碰上了心儀的對象。這個號稱是「俠客」的男子跟「藍天使」愈聊愈對味，兩人甚至有惺惺相惜的感覺，甚至有一次，「俠客」還試探性的問她願不願意出來見個面，「藍天使」對自己的外表並不是沒信心，只是覺得還不是時候，便沒有答應。但是她給了對方自己的email，兩個人就在信箱上正式通信起來。

過了一個星期，米雪兒的電腦中毒了，她就暫時用琳達的電腦通信，她告訴琳達說，這是我私人的信件，請不要開啓。誰知道琳達偷偷看了她的信，竟然也跟那個人通起信來。

有一天，米雪兒接到「俠客」寄來的一封奇怪的信：「收到來信。知道妳也很想跟我見面，讓我今天高興了一整天。這是自從我離開學校，進入社會以來，感覺最快樂的一天。迫不及待的想見到妳。」

米雪兒立刻質問琳達：「琳達，妳是不是寄了什麼信給『俠客』？」

琳達甩甩頭，滿不在乎的說：「我只是無聊好玩嘛！我寄了一封假的信給他，就像是寄錯了的信，問他要不要出來見面，誰知道他就說好了。」
「我不是跟妳說不要看我的信嗎？」
「這又不是什麼大不了的事！大家在網路上玩玩，誰會當眞呀？上班好無聊，我也只是想解解悶而已。」
「好了！現在怎麼辦？我們跟他道個歉吧！」米雪兒堅持道。
於是她倆合寫了一封信給對方，告訴他這是個玩笑，請他不要介意。誰知道「俠客」卻很大方的說，既然都約了，就將錯就錯吧！米雪兒想想也好，就當面道個歉吧！於是那個星期天的下午，米雪兒就跟琳達去了約會的地點。
在前一天，米雪兒原本有點不想讓琳達去的，琳達卻振振有詞的說：「既然要道歉，我也該去才對呀！」米雪兒咬咬牙，就讓她跟了去。她想：「反正妳就一副惹火身材，根本沒大腦，我就不相信對方會看上妳！」
誰知當天下午，琳達穿著一身裸露的洋裝，不但肚臍露出來，連胸部都要噴出來了。米雪兒卻穿著休閒服，像要上運動場一樣。果然「俠客」一出場就被琳達迷住了。米雪兒說：「我們去看電影吧？」「俠客」便柔聲說：「琳達，妳覺得怎麼樣呢？」然後琳達裝出很遲疑的表情：「我不知道耶，你決定吧！」「俠客」再轉過頭來一臉嚴肅的對米雪兒說：「嗯！好吧！我們去看電影吧！」

三個人牛頭不對馬嘴的混了一個下午，最後米雪兒只好落荒而逃，留下「俠客」與琳達兩人卿卿我我的繼續吃晚餐。米雪兒過了一個很難受的夜晚，今天來上班時，眼睛還是腫腫的，進辦公室時還帶著墨鏡，深怕被人看出來昨晚哭過的痕跡。而琳達卻一副志得意滿的樣子，連走路都有風呢！

女人的身材與大腦，到底哪一個重要？我不能安慰米雪兒說，大腦比較重要，畢竟在很多場合、很多情境中，身材都戰勝了大腦。關於頭腦與身材的戰爭，或許就是五味雜陳的生命眞相吧！

有人說，女人最大的敵人是時間，實際上，女人最大的敵人是女人自己。

當女人把生活的焦點放在男人眼睛關注的表象，像是高聳的胸部與膝上十五公分的白皙大腿，就容易遺漏比表象更重要的東西：忘了自己善良的心、溫暖的關懷，以及與另一半共同開創未來的盼望。

認真傾聽自己的心吧！因為心底藏著的美麗，比外表的美麗更接近永恆。那些把自己的存在價值建立於男人身上的女人，終將迷失自己，踏上遠離幸福的不歸路。

Story 07

為何男人可以邊工作邊戀愛？

明天太陽還是會上升，誰知道陽光會捎來什麼訊息？
下一次還是有戀愛的機會，誰知道戀愛會帶給妳什麼樣的感受？
因為太關心對方，而讓自己方寸大亂？
或是該把一切放下，盡情的戀愛？

關於男女跟愛情，充滿著沒有答案的問題，在我需要專心工作的時候，想這些問題只會更讓我頭痛。薇薇安與瓊安已經度假回來，我卻沒有時間跟她們碰面，原因都出在那個混蛋上司保羅。

自從這個工作狂出現在我的工作領域中，我的生活就起了很大的變化。每天爲了要激發我的「潛能」，他不斷的交代下工作，讓我連一點喘息的機會都沒有。一天午餐時間，坐在隔壁的小方朝我招招手，意思是要我跟他一起出去吃午餐。我愁眉苦臉的說：「拜託！我沒時間啦！你幫我買便當好不好？」

「來啦！有話跟妳說啦！」小方壓低了聲音。

我向四處看看，什麼人也沒有，幹嘛神經兮兮的？想想休息一下也好，我就跟著他出去了。

小方跟我是像哥兒們一般的好朋友。其實如果不是我發現了他的祕密，同時答應不出賣他，我懷疑男女之間眞的會有眞正的友情嗎？

小方的優點數不清，努力認眞工作，有什麼需要他幫忙的，只要他不忙，總是會盡量幫妳忙。他還有個大部分男人沒有的優點，那就是他有潔癖，每天他一上班最先做的事就是清理桌子，有好幾次他都跟我說：「對不起，莎賓娜，我看妳桌子太亂了，已經快影響到我的桌面了，我就順便幫妳清理了一下。」

這樣一個善良美好的男人至今沒有女朋友，原因出在他是個矮個子的男生。其實男生的個子矮小也不是問題，只要能找到可以匹配的人，我相信每個人都有機會交男女朋友。但是問題就出在這裡，小方喜歡高個子的女生——一種很難跟他匹配的對象！

兩年前的某一天，我提早到辦公室，剛好看到小方拉開米雪兒的抽屜，放進一朵玫瑰花。我立刻大叫起來：「小方！原來是你！昨天米雪兒還在跟我討論是誰放的呢！」

已經有一個多月了，米雪兒的抽屜中每天都會出現一朵新鮮的玫瑰花。她很想知道是誰這麼浪漫，會用這樣的方式送花給她？但是放眼望去，辦公室裡每個男人都道貌岸然的樣子，不像是會做這種浪漫情事的人。因此我們一直在猜測可能是外面的人送的，問題是外面來的人怎麼可能神不知鬼不覺的就能將玫瑰花直接放進她抽屜中？想想不太合理，於是那一陣子我跟米雪兒都為了找不出答案而頭痛萬分，誰知現在竟然被我抓個正著，我怎能不興奮莫名呀？

小方卻沉著的說：「莎賓娜，拜託，小聲一點！我又沒做什麼壞事，只是送一朵花而已，用不著大驚小怪的。」

「你們男人眞奇怪！竟然可以一邊戀愛一邊工作，絲毫不動聲色！」

「這又不是戀愛！還不知道對方領不領情呢！」

「好！就算不是戀愛，你們也可以一邊暗戀一邊工作，或是一邊苦戀一邊工作，或是一邊失戀一邊工作，換了我們就做不到！只要是跟戀愛有關，工作就好像失去了價值！」

「那就是女人的問題囉！對了！莎賓娜，拜託不要告訴米雪兒這件事好不好？就算眞的要告訴她，我也要自己跟她說，好嗎？」

想想其實這件事跟我也無關，就答應了他。從此小方成爲我工作上的靠山，偶爾會主動的幫我個小忙，上司找碴時，他也能幫我說上一兩句話。總之，透過小方，我見識到男人的工作倫理果然跟女人不太一樣。而自從被我發現了祕密之後，米雪兒也不再收到玫瑰花了。有一次她還很悵然的說：

「都不知道是誰送的，就像是還不知道結局，電影就演完了，好遺憾！」

「知道結局又怎麼樣？妳想妳會把悲劇改成喜劇嗎？萬一發現玫瑰花是快遞的小弟送的，妳會高興一點嗎？這年頭還是保持一點浪漫的幻想就夠了吧！」

我安慰著米雪兒，玫瑰花的故事就算告一個段落。但是我冷眼旁觀，小方對米雪兒果然主動了一點，有事沒事就會去找她聊天，米雪兒卻沒什麼感覺。我也不便說破。戀愛，可能沒法設定劇本，甚至連主角都無法掌控。人類對於戀愛，可說一點自主權也沒有。

我和小方來到離公司不遠的咖啡店，點完簡餐之後，小方表情嚴肅的說：「妳知道爲什麼保羅會調到我們這個部門嗎？」

「爲什麼？不知道。有什麼大不了的事嗎？」

「他被人家寫黑函了！」

「寫黑函？這年頭還會有寫黑函這種事？」

「妳不知道呀？難怪妳永遠升不了官！聽說是很糗的黑函……」小方欲言又止。

「你幹嘛吞吞吐吐的？什麼樣的黑函呀？」

「聽說是上酒家被人拍了照片！」

原來是這種見不得人的事，據說男人上酒家有幾千種理由，如果女人也懂得其中一半的藉口，或許男女之間相處就比較沒那麼大的困難了。

「就是因爲這樣，他才被調過來。妳看他多認眞，就是想爭取工作表現，好讓別人忘了他的糗事吧！」

「原來如此，這下我的工作更有價値了。不是嗎？以證明他是個優秀的主管，而不是個只會上酒家的下三濫！」

「莎賓娜，妳也不要這麼偏激嘛，男人上酒家總是有不得已的原因。我告訴妳只是要讓妳心情放輕鬆一點，不要被太多的工作量嚇倒了。過一陣子風平浪靜之後，我們又可以輕鬆一點了。」

聽完小方的規勸，我放心的吃下我點的鱈魚簡餐與咖啡。畢竟，戀愛並不是生活的全部。我還是可以像是世上另一半的人一樣，一邊工作一邊戀愛吧！畢竟明天太陽還是會上升，誰知道陽光會捎來什麼訊息？

魚與熊掌不能兼得嗎？這邏輯聽來像是男人的藉口，他可以有很多事情要做而推託了與妳約定好的旅行，似乎這世上總存在一個更好的理由，用來拒絕妳的同時更合理化他的行為。

女人偏偏不相信魚與熊掌不能兼得這一套，女人總是勇氣十足，相信就算工作再怎麼累、雜事再怎麼多，還是能夠壓榨出時間和精力去陪伴戀人。

戀人啊！什麼時候你也願意和女人一樣「貪心」呢？

Story 08

忘記一個男人的方法

每當想要的東西到手之後，卻又發現另外的心動；
每當想愛的人在身邊之後，卻又忍不住發現另外的美麗。
如果感情專一也算是一種美德，
那麼在愛情中要如何才能擁有這樣千錘百鍊的美德？

天氣炎熱，加上太過繁重的工作，我終於體力不支，病倒在家中。星期一的下午，我請了假，想要好好休息一下。才昏昏入睡不久，電話鈴聲就響了。

「喂！」我有氣無力的應了一聲。

「莎賓娜，剛打到妳辦公室找妳，說是妳請假在家。怎麼了？我本來想找妳今天出去吃晚餐的……」麥可在電話那頭說個不停。

「哦！麥可，我感冒了。」

「感冒？」麥可大聲說道，「那妳最好在家好好休息，不要出來好了。我們改天再約好了。」

「好吧！不過我們好久沒見面了！」我忍不住小小的抱怨了一下。其實正確來說，從上次約會之後，我們就幾乎沒有再來往了，我不知道我們之間的關係到底算是什麼。

「是啊！還是等妳病好了再說。我的老闆在找我，我要掛電話了。對了，我公司搬家了。等搬好再告訴妳電話。」

麥可掛斷了電話。我就知道這個愛乾淨、有潔癖的男人怕被傳染感冒，只要聽到有人生病，馬上就覺得自己也快病倒了。不管他了！這個我已經想要放棄的男人，卻總是在不經意間闖入我最脆弱的心靈，讓我覺得他還有一絲可取之處。

剛接完麥可的電話，想再躺回床上休息一下，誰知瓊安又打來了。

「莎賓娜，妳不是感冒在家休養嗎？怎麼電話講不停呀？我要打進來都沒辦法。」

「沒有啦！剛剛是麥可打來，我跟他胡扯了一下。」

「什麼？麥可！那種自私的男人妳還要跟他來往呀？告訴妳，要忘記一個男人，最快的方法就是去找另一個男人。」

瓊安便告訴了我她和薇薇安在旅遊中發生的一個故事。她倆參加的是歐洲八國之旅。行程很長，而且時間匆促，是典型的台灣團的玩法。一開始的時候，薇薇安和瓊安兩個人還沒精打采，但是因爲擠在一群歐巴桑當中，年輕貌美的她倆自然成爲衆多男士追逐的對象。瓊安在情場上受過傷，也傷過人，因此對男人的追求很淡然，她很有自信的說：「像我這樣的女人，會有男人追求是理所當然的事。但是如果就因爲這個理由，而以爲每個男人都得愛我，那我就是在自討苦吃。」

「妳的意思是，也有妳要不到的男人？」我遲疑的問道。

「哈！多得很！不過我從不爲這樣的男人傷心，幹麼一定要強迫別人愛妳？如果別人不愛妳，妳就沒有價値嗎？我才不信。我只要輕鬆的戀愛，不想再苦戀了。」

「哼！上了年紀的老女人的智慧……」我低聲說著。

「妳不要不相信。苦戀只會讓女人衰老，不會有好事的。妳看薇薇安就是個例子，一失戀就胖了好幾公斤，怎麼還有人會愛她呀！不過這一次她聽了我的話，可不一樣了。」

原來薇薇安在旅遊途中有了艷遇，也就是她們這一團的導遊。這個導遊很年輕，是第一次帶團，熱心的薇薇安反而成了他的指導員。一路上幫了他不少忙，等瓊安在眾多追逐者中挪出一點空閒時，才發現薇薇安跟小導遊已經成了一對親密伴侶，兩人同進同出，有說有笑的。瓊安的結論是：

「就因爲找到一個新的男人，出發前的薇薇安跟出發後的薇薇安已經判若兩人了！我想現在的她早已經把那個公車司機忘得一乾二淨了！」

「要忘記一個男人，就得去找另一個男人，眞的有效嗎？一個人的感情眞的那麼容易被取代嗎？」

「妳還眞古典，以爲每個人都活在唐詩宋詞的年代。我想只有試過才知道。有點實驗精神吧！」

瓊安掛斷了電話，我這下反而睡不著了。難道我眞的活在一個不合宜的年代？要忘記一個男人，最快的方法是去找一個代替品，跟另一個男人談戀愛，把先前那個男人忘掉就行了。問題是，這個替代品的男人呢？該就此拋棄他？還是要做什麼樣的補救方法？而那個替代品真的安於只是扮演這樣的角色嗎？這些疑問又讓我想得頭痛了。

大學時代我也曾經玩過這類的遊戲。參加過一個社團，喜歡上社長，但是社長身邊的美女太多，最後我的戀情沒有著落，失落了好久。幸好同社團的一個男生很喜歡跟我聊天，他陪著我度過許多孤寂無聊的日子。等那段情緒低潮過去時，我又振奮起來，開始參加其他活動，慢慢就疏遠了那個社團跟團員。

有一天在路上無意間遇到那個男生，他一臉的鬍渣，看來十分的憔悴。我很驚訝的問他：「你怎麼啦？是不是身體不好？」

他卻苦笑的搖搖頭說：「莎賓娜，好久不見。我以爲妳再也不會出現在我面前了。」

我怔住了，這下才明白自己玩了一個遊戲，傷害了一個無辜的人，卻毫不自覺。從此，我發誓不再玩這樣的遊戲。但是，爲什麼瓊安到現在仍然相信這是個很有效的方法？爲了這樣可以證明自己的魅力，讓自己相信自己還是有價值的，還是值得人愛的？瓊安眞的像她所說的是個有自信的女人嗎？

星期二上班時，我還是有點昏昏沉沉的。走在路上，覺得自己好像在飄浮一樣。遠遠的我看到兩個高挑的人影走來，還沒來得及反應，兩個人就已經來到我面前了。

「莎賓娜，妳身體好一點了嗎？臉色看起來還是有點蒼白哦。」保羅跟我打招呼。轉身看到他身邊站了一個人，卻差點讓我噎住了。「我幫妳介紹一下，這是麥可，我高中同學。他公司最近搬來我們公司附近，剛好碰到，好巧。麥可，這是莎賓娜，我部門的同事。」

麥可似笑非笑的看看我，伸出手說：「好久不見，莎賓娜。」

保羅驚訝的看看我們，然後說：「你們認識啊？」

「我們是鄰居。」我連忙解釋，「不很熟的。」

麥可也不多說，只是笑著。保羅用有點不可思議的眼光看看我，於是我匆匆說：「你們聊，我先進公司了。」

我留下他倆自己去猜測，轉身走進公司的大樓。我懷疑著自己的臉色是否很憔悴？或許在進辦公室之前，我該先到洗手間補一下妝吧？但是，我為什麼要在意別人的眼光呢？何況在這樣的年代，對愛情專一眞的是一種美德嗎？這又是另一個難解的問題了。

我們總是假設自己是有選擇的，但我們是否曾轉換過視角，想想那些被選擇的相親對象和追求者，想想他們的心情？

有人被選擇的同時，意味有人被捨棄。被捨棄的感覺並不好，這或許是愛情必須專一的消極意義。但如果無法全心全意去愛一個人，無論選誰，選到的都不會是愛。在一段關係中，我們可能是愛人者，也可能是被愛者，將心比心，愛才能在兩人的相知相惜中散發幸福的香氣。

Story 09

年輕男子的致命吸引力

男人與女人的相遇是一場奇妙的偶然。
如果那一天我們沒有相遇，如果那一天我們彼此擦身而過，
我們的生活會變成什麼樣子？
也許從此海角天涯，我永遠不知道世上有你的存在？

連續加班了好幾週之後，終於把公司的大案子交出去了。保羅一大早就把我叫進辦公室說：「莎賓娜，老闆很欣賞妳做的案子，這次我們設計的活動也都很成功，所以我決定放妳一天假。」

「啊？才放一天假？你上次不是說要放一週的假嗎？」

保羅看看我，笑著說：「外面很不景氣，妳不想丟掉妳的飯碗吧？這一天的假還是我特別幫妳申請的，妳自己決定好了！」

我只好接受他的提議，挑了一個週休二日，再加上一天的休假，就有了三天的連續休假。一旦有了大把空閒時間可以揮霍，就像一個窮人突然中了樂透，有點不知所措。

第一天，我蒙頭大睡了一整天。等到再也睡不下去時，只好起身，看看時鐘已經是下午三點了。我洗了個澡，穿上條紋T恤一件牛仔褲便出門去想找點東西吃。街上的人行色匆匆，接近下班時分，每個人都好像有未完成的任務、未說完的道理，急著在剩下的幾分鐘時光中完成使命。

突然我想到附近的一家日本料理店賣的日本拉麵還不錯，便轉過巷子，想去那家店吃點東西。誰知日本拉麵店已經換成了一家錄影帶出租店，唉，眞像是典型台北人的愛戀生活，連一家麵店的生命都如此短暫！

既然吃不成了，想想不妨到店中看看有什麼錄影帶DVD可以租的，剛好可以打發一個寂寞的夜晚。一進了店中，就被櫃台邊一個帥氣的身影吸引住了。那個店員看起來像個大學生，似乎是在店中打工的學生。我假裝專心的挑片，卻又忍不住偷偷看了他幾眼。

胡亂的挑了幾張片子之後，我就到櫃台結帳。一位女店員走過來幫我登記會員資料，我心中正有點遺憾，這時電話鈴響了，年輕男子接了電話，轉頭叫女店員接聽，年輕男子順手就接下來繼續打我的資料。

那個年輕男子有雙動人的大眼睛，他看看我，微笑著說：「小姐，第一次來哦？要不要我幫妳介紹一些新片？」

「好啊！我完全搞不清楚最近流行什麼。我連續加班好幾週，覺得自己快要變成機器人了。」

他看了我一眼，微笑了一下，眼神中閃爍著奇異的光芒。我們開始聊起各種的流行話題，最後他說：「這樣好了，我都是週末才來打工的，妳下個星期再來，我幫妳整理一份資料，是我覺得最近值得看的ＤＶＤ，怎麼樣？」

「嗯——好吧！」

我矜持了一下才答應，畢竟，這算不了什麼奇遇，他只是個長得不錯的小男生，或許我們只適合擦肩而過？

下一個週末，我眞的又出現在那個錄影帶店中。同樣的年輕男子，同樣的七〇年代的老歌，同樣的寂寞的心情。或許我眞的太無聊了。

這一次他表現得很熱心，不但把所有新片都說明了一遍，臨了還輕描淡寫的問了我一句：「如果妳眞的有興趣，以後有機會還可以參加我們社團的影片欣賞會。」

我不置可否的點點頭，一臉驕傲的表情離開了那個年輕男子。其實我的內心非常的脆弱，想到瓊安常常笑我說：「妳就是眼光太高，才會到現在孤家寡人一個。小心女人缺乏荷爾蒙很容易變老的——其實偶爾找個男人做做身體運動也是不錯的。」

「我就是找不到嘛！有什麼辦法？」我總是這麼回答。現在眼前出現了一個適當的人選，而我卻只能假裝清高，不爲所動的樣子。難怪我要孤獨一生了！

我很悲哀的過了一個星期，連小方都注意到我的不快樂，頻頻問我發生了什麼事，但我怎能告訴他，我看上了一個小男生？

又過了一個週末，這家錄影帶店已經成爲我常去的據點了。這一天晚上下著雨，店中沒什麼客人，年輕男子走過來對我說：「莎賓娜，明天妳有空嗎？我們的社團有個電影欣賞會，妳要不要參加？」

「真的——好吧！」

我們約在東區的誠品前面，下午三點。第二天，我仔細的裝扮了一下，穿上高跟鞋與窄裙，想要表現出辣妹般的惹火身段。誰知一位摩托車騎士出現在我面前，他把安全帽脫下來時，陽光照出他一臉的青春氣息，我不覺看呆了。

「莎賓娜！上來吧！這個安全帽給妳戴。」

我好不容易戴上安全帽，勉強坐上後座，手還沒扶好，車子就嗡的一聲起跑了。他帶著我往貓空的山路上穿梭，而一向習慣坐轎車、計程車的我只覺得腰痠背痛，完全沒有欣賞風景或電影的興致了。

第二天早晨，我起床時覺得全身痠痛不已。如果做了什麼得到這樣的後果也就算了，問題在什麼也沒做，只是看了一場電影，這樣的代價似乎太慘痛了。

但是休養了一個星期之後，下一個週末，我還是答應跟他去西門町看電影。這是年輕人的活動，我想我並不老，沒有理由拒絕青春。看完電影在街上閒逛時，突然他看到煙霧瀰漫的燒烤的攤子，便很開心的叫著：「我們來吃燒烤吧！」

「燒烤——很油耶！」我正想拒絕。這時我突然看到不遠處一個熟悉的身影，那是小方跟一位辣妹走在一起，兩人緊貼著身體，似乎很親熱的樣子。我呆住了，不知道該不該打招呼。

「莎賓娜，烤雞心，很好吃哦！」他在叫我了。

我看著他拿著一串烤雞心生吞活剝的樣子，突然醒悟到他可能還在發育期，什麼都吃得下肚，而我真的能應付他青春無限量的口味嗎？年輕男人確實是有致命的吸引力，而我有把握生還嗎？男人與女人之間的相遇是一場奇妙的偶然，如果彼此沒有相遇，也許我永遠不會知道世上還有這樣的戀人？

每個女人都需要愛情的滋潤。只是成人式的愛情與那些年式的愛情有著截然不同的心境。

與年輕的肉體接觸，帶來的不只是愛情的溫暖，也重燃了逝去青春的烈火，洗去俗慮的青春活水讓女人容光煥發。

特別當女人在社會上呼吸太多油膩、骯髒的空氣後，年輕男孩的存在，就像是重溫荳蔻年華時期清純不已的日子，那不只是戀愛，還包括對小日子的懷念。最棒的是，時間已教會女人在與男孩重溫年輕夢的同時，不再犯年輕時的錯。

Story 10

自由心證的背叛與忠貞

雖然知道明天會有難過的事，但還是要鼓起勇氣迎向朝陽；
雖然明知道你可能已經不愛我了，我仍然要假裝活在愛的氛圍中；
雖然秋天已經來臨了，也許因為心中還有希望，
感覺上這樣的氣候跟春天也差不多。

星期一早上一上班，我就急著到處找小方。我太好奇了，這個平日裝得像個情聖的男人，私底下卻也有不爲人知的祕密呢！偏偏天不從人願，一進公司以後我就忙得不可開交，幾乎連喝口水的機會都沒有。小方也很奇怪，就是沒出現。也許昨天太激情了吧？我的好奇心愈來愈強烈了。

十點多時，保羅把我叫進會議室開會。他坐在靠門邊的位子上，凝神看

著桌上的文件，我走進去，他抬頭看看我，眼神閃爍著說：「莎賓娜，妳來啦！妳今天穿得很漂亮！」

「這算是一種讚美嗎？」我有點不自在的說。

「妳是不是對別人的讚美都感到很不自在？」他銳利的回答我。

「我——」我有點答不出話來。

「妳知道嗎？妳們這種新女性最大的問題在哪裡？妳們既要享受大女人所有的特權，又要佔盡小女人的便宜，實在令人受不了！好了，我們來討論上星期提出來的案子。」

保羅不理我，開始認眞討論。我卻有點坐立難安，或許他說中了我的問題，但是在這個世上，女人如果不使盡手段，眞的能跟男人相抗衡嗎？無論如何，我還是有點竊喜，自己一身隨意的打扮竟然受到讚美。我偷偷瞄了保羅一眼，不懂他爲什麼會讚美我的穿著。也許他工作壓力太大，腦筋有點轉不過來了吧？

開完會後，我正要離開會議室，保羅像是漫不經心的說：「這樣好了，莎賓娜，下班後我請妳吃晚餐，我們繼續把今天的案子討論出結果來！」

保羅揮揮手，我只好走出了會議室。我想他今天的腦袋一定出問題了，但是我已經來不及提問題了。因爲下一個會議又在等我了。

忙完一個上午，到午餐時間，還是沒見到小方的影子。我忍不住跑去問米雪兒：「妳今天有沒有看到小方？」

「小方，哦，他傳了一封信來，說是下午才進公司，本來我們要開始做的企劃就只好等他來再說了。」

「小方給妳寫信哦？怎麼都沒告訴我？」我好奇的問。

「也沒什麼啦！我們就是用email聯絡事情嘛，大家不都是這樣嗎？」

「對了，米雪兒，妳覺得小方這個人怎麼樣？」

「小方工作還滿認眞的，只不過個性很執著，有時候難免會得罪客戶。」米雪兒分析著。

「不是談工作啦！我是說妳難道對他一點好感都沒有嗎？」

我們坐在敦化南路的露天咖啡座上，微風吹散了米雪兒的頭髮，她沒有立刻答話，只是低著頭喝咖啡，好一陣子才說：「其實他從沒有對我表示過什麼，我幹嘛要對他有好感呀？」

「妳眞的不知道哦？去年妳抽屜裡的玫瑰花是誰放的？妳猜猜看。」

「難道是他？爲什麼——」米雪兒很迷惘的樣子。

「對呀！這個人豈不是很古怪嗎？明明喜歡妳，卻不敢表示，跑去找什麼辣妹——」

「妳說什麼呀！」

「不，沒什麼。我先走了，等一下還要準備老闆要的東西呢！」

我趕忙離開米雪兒。我知道自己是個藏不住話的人，有時候還會說錯話，而且好奇心太重。媽媽常說我：「好奇心會殺死一隻貓。」而我的回答總是：「放心，只要滿足了好奇心，貓兒就會活過來的。」

一直到接近下班時分，我才有機會見到小方的影子。但是時間不多，晚上又要跟保羅開會，我只好用email滿足我的好奇心。

「嗨！好奇貓來了！小方，昨天你去哪兒啦？」

「莎賓娜，妳是名偵探柯南嗎？還是妳無聊到每天在街上亂逛？沒有愛的女人眞悲哀！」

「我有看到哦——哈哈——」

「看到什麼？」

「你跟一位——辣妹！好親熱喲！」

看到這句話，小方從電腦桌前抬起頭，看了我一眼。我得意洋洋的向他比了一個勝利的手勢。

「拜託！大嘴巴小姐，請妳饒了我好不好？」

「那要看你怎麼自圓其說才行！」

「妳知不知道這世上有個人叫柏拉圖？」

「精神戀愛？你會跟一個辣妹談精神戀愛？」

「不是啦！我的哲學是愈愛的女人，距離我愈遙遠。因爲怕那樣的愛會變質，怕破壞愛的美感，所以我寧可去找替代品，也不要破壞我心中完美的愛。」

「這是什麼狗屁哲學？這叫做背叛愛情，而不是破壞愛情的美感。」

「大小姐，請注意一下說話的禮貌。我是說，因爲不想破壞我跟米雪兒之間的感覺，我選擇了遠離她。但是我心中仍然有慾望，這樣的背叛只會讓我對米雪兒的愛情更忠貞！」

「愈背叛愈忠貞？這是眞的嗎？我簡直覺得自己在上大學的哲學課！」

這眞的是我難以理解的戀愛哲學。愛一個人就勇敢的表示出來，不是很美好的事嗎？爲什麼要有這麼多難以自圓其說的忠貞與背叛的哲學？或許每個人都在爲自己的出軌找理由，爲自己的無法爲愛情守貞而編造一些謊言，而當愛情面臨慾望的挑戰時，又有多少人能超越那樣的肉體貪歡，成就心靈之愛？或者，這也是不必要的疑問？

「那你還喜歡米雪兒嗎？」

「我一直在等她。」

「爲什麼不直接跟她說？」

「她的眼光很高，不會看上我的。」

「哲學家，你眞的很沒自信心。爲什麼不試試看呢？」

「也許──有一天我會這麼做！」

下班時間到了，我們的信件也終止了。保羅遠遠在主管桌上收東西，我可以感覺到他的眼角餘光在掃射著我。下班後跟主管或同事吃飯是一件很平常的事，但是爲什麼今天我卻有點不安的感覺？雖然秋天已經來臨了，難道因爲心中還有希望，因而感覺這樣的氣候跟春天也差不多？

為什麼戀人之間不能把心意說得明明白白，告訴對方愛或不愛？是我們都太習慣在人面前編織各種理由，還是因為我們害怕如果不說出一個「好」理由，就無法說服自己為什麼要愛得那麼傻，或是自己為什麼不愛了？

花了許多時間找理由，但問題是，愛情不會建立在好理由上，而是我做你懂，你做我懂。

Story 11

我和我的戀愛

戀愛的狂喜只能在一個人獨處時發生，
我的愛人永遠在他方，我的心永遠飛翔在不知名的處所。
這是我和我自己的戀愛，沒有人能夠介入。

比起和年輕男子一起吃的串烤大餐，和保羅共進晚餐是一件賞心悅目的事。鋪著白色桌巾的桌面點燃著燭光，旁邊還有一束淡粉的香檳玫瑰。保羅很優雅的點了帕馬起司番茄片的前菜，還有一盤焗千層麵，看起來跟平時在辦公室中的模樣完全不同。

他喝了一口紅酒，然後皺皺眉說：「這個酒太澀了，我一向不喜歡紅酒。」

「那你爲什麼要點紅酒？你可以喝別的酒呀！」

保羅笑了笑，舉起酒杯說：「我知道妳們女孩子愛喝紅酒，今天晚上是專門爲妳慶祝的。」

我也喝了一點紅酒，卻不知他要慶祝些什麼。就在這花前月下的時刻，我的手機卻很不識相的響起來了。我匆匆翻遍了包包，才找到手機。竟然是薇薇安打來的。

「莎賓娜！我參加了一個讀書會，很有意思的。今天晚上我們有一個聚會，我想邀妳來參加好不好？」

我壓低了聲音說：「薇薇安，我正在開會，等我回家再打電話給妳。」說完我就把手機關機了。雖然我並不覺得今晚是什麼特殊的日子，但我卻不想受到干擾。

菜餚陸續送上來，我們開始進餐，話題便中斷了。保羅也言不及義的談了些工作上的話題，似乎很不適合這樣的燭光晚餐。但是有時候錯過了一個眼神，錯過了一次暗示，要重新開始，可能就是另一個世紀了。

晚餐過後，保羅送我去搭捷運。我們走在天橋上，看著台北的夜景，我伸開雙手說：「啊！很喜歡從天橋上看台北的夜景，覺得這樣的夜景充滿了好多好多的夢想，你看每一盞燈都像是一個夢，都可以實現呢！」

「其實剛到台北時我很不習慣，」保羅突然說，「小時候我們家附近晚上總是黑漆漆的，每天補習放學，騎腳踏車回家時總會怕碰到鬼。」

「哈！你也會怕鬼呀！」我取笑他。

「慢慢長大了才習慣那種幽暗的夜晚，所以剛到台北念書時總覺得晚上太吵，睡不著覺。」

「沒錯！沒錯！以前念書時住宿舍，還不覺得吵。現在我住的地方，每天晚上不到一兩點，鄰居是不會安靜下來的。但是還沒睡幾個鐘頭，巷口要運動的老伯伯就起身了，牽著一條狗出來運動，結果整條巷子的狗都跟著吼吼叫叫，我又完了，根本不用再睡了。」

我們兩人開始起勁的討論起噪音污染的問題，爲什麼一個浪漫的夜晚變成了噪音討論會？我百思不得其解。

回家後，我立刻打電話給薇薇安，問她到底是什麼讀書會如此重要，電話那頭卻傳來薇薇安沒精打采的聲音：「莎賓娜，我可以過來跟妳談一談嗎？」

雖然明天還要上班，但是我的心情很亢奮，再加上鄰居的吵鬧聲，我想今晚我不可能太早睡，便答應了她。

薇薇安穿著一身優雅的套裝出現在我公寓的門口，我嚇了一跳說：「妳幹嘛？要去應徵工作啊？」

「唉！妳不知道，我最近愛上了一個喜歡女人穿套裝的男人。」

「喜歡女人穿套裝？誰呀？是不是那個什麼讀書會的人？」

原來薇薇安在朋友的介紹之下，參加了一個讀書會。這個讀書會是個風度翩翩的男子主持的，因此吸收了不少的女會員。他們每個星期固定會讀一本書，每個人要在聚會中提出自己的見解，交換心得等等。

剛開始薇薇安也很認眞的讀書、研究，慢慢的，她的興趣就放在研究那個會長身上了。她發現這個男人不但風度翩翩、學識淵博，而且對她也好像有特殊的感覺，不但經常會問她問題，還常常散會之後邀她留下來一起研討下一次會議的議題等等。

慢慢的，薇薇安發現自己也有了特殊的感覺，這個讀書會也成爲她生活中的重心了。今天晚上，因爲讀書會的成員少了一兩個，會長就要薇薇安多幫他找幾個新人參加，所以才會打電話給我。

「薇薇安，沒想到妳還這麼上進，讀書是好事呀！只是我喜歡一個人讀，不太喜歡跟大家一起討論我心中的想法。」

「其實——我也不太想參加讀書會了。」

「怎麼啦？妳剛剛不是還要我來參加的嗎？」

「沒錯，我想讓妳看看那個會長，看看他是不是對我眞的有意思。」

「哦？難道妳也喜歡上他了？」

「我也不確定自己的感覺，所以我今天晚上刻意穿著他喜歡的打扮，想找個機會向他表白。沒想到事情卻出乎我意料之外。」

那位會長看到薇薇安一身優雅的打扮，便對她讚許的看了一眼。薇薇安很高興的幫忙安排座位，分送茶水，參與討論時也格外熱心。會後薇薇安理所當然的留下來收拾碗盤，跟以前沒什麼兩樣。

會長送完最後一位客人後，轉過身來看到薇薇安還在擦擦弄弄的，便叫住她說：「薇薇安，不要整理了。我們聊聊天吧！」

他說著把燈關掉，幽暗之中只有窗邊的沙發上閃爍著街燈的光影。他坐在沙發上，向薇薇安招招手。

薇薇安放下手邊的工作，忐忑不安的來到他身邊坐下。

他伸手撫摸了她的頭髮一下，便頹然放下手來，有點沮喪的說：「薇薇安，妳知道嗎？我永遠無法跟眞實的人談戀愛，現實中的女人永遠只是個第三者，霸道的介入了我跟我的戀愛。」

「你跟你的戀愛？」

「每當我在書中看到驚心動魄的場景、生離死別的愛戀，我都以爲那就是我，在愛情中，我可以如此多情，和如此完美的女人相戀。但是，每當我想要開始一段戀情時，就會發現對方髮型不對、化妝不對，香水的味道也不對，連話題都談不起來，甚至覺得自己也左右不對勁，好像缺少了一點浪漫的因子，戀愛就走味了！」

「你的意思是你只能跟書中的女人談戀愛？」

「我眞的不知道。書中的女人在現實中不可能存在，她們必須要消失要幻滅，才會讓男人刻骨銘心。」會長抱著頭沉思起來。

薇薇安便靜靜的起身，離開了這個跟自己談戀愛的男人。她說：「我發現自己是個有血有肉的女人，這就是我沒法讓男人刻骨銘心的理由。」在電影中、書籍中、漫畫中、詩詞中的場景永遠比眞實更感人；在想像中，在夢幻中，在模擬中的場景永遠讓我心跳流淚。這是我和我自己的戀愛，沒有人能夠介入。

在尋覓真命天子的路上，我們總不免被問到「理想的另一半」，於是有了條件說。問題是，到底有哪些條件可以讓一個男人被稱為理想好男人？是多金、長相帥氣？還是真心愛著自己，自己也真心愛著的那個人？真正的好男人，其實從來都不會只是一種理想。因為好男人不見得要有許多優點，但是在女人脆弱的時候、難過的時候、孤獨的時候，他不會只是待在電話那一端，而是來到女人身邊，握著手，任憑女人在懷裡無理取鬧，是真真實實的存在。

Story 12 愛情無罪，外遇有理？

每當下雨的時刻，總是會讓我想到你。
一絲絲的雨滴就像天上落下來的愛意，清脆響亮，無法隱藏。
有人說愈是隱藏起來的愛情愈是美麗，
而我卻不知道如何隱藏我的愛意。

日曆上寫著「白露」兩個美麗的字眼，台北的空氣中卻一點秋天的感覺也沒有。我非常渴望能下一場雨，讓一切都清涼起來。因此，每天上班時我都會帶一把傘，在心中祕密的祈禱著。也因爲有了一個祕密，我覺得特別的快樂，連走路都輕飄飄起來了。

才進辦公室，米雪兒就叫住我：「莎賓娜，瓊安剛剛打電話來，好像很沮喪的樣子。她說等妳來了打個電話給她。」

我點點頭，還來不及回應，就看到保羅朝我的位子走來了。「莎賓娜，妳遲到了三分鐘。如果每個員工都像妳這樣，公司就要關門了！」

他面無表情的走開了。我在他背後瞪他一眼，還吐吐舌頭。不遠處的小方看到我的表情卻笑了起來。我又瞪了小方一眼，真的是難得一天的好心情就被這些男人攪翻了！

工作開始之後，一直忙到中午我都沒時間打電話。等到有空閒了，卻都快一點鐘了。我匆匆忙忙跑到外面去買點東西吃。剛出了大門口，迎面就撞到了一個人。我道了聲歉想立刻閃開，那人卻拉住了我。

「莎賓娜！好久不見。」

「嗨——麥可！」

「妳要去吃午餐嗎？」

「嗯——」我有點不自然的點點頭。雖然我已經是新時代的女性，知道對某些男性來說，男女關係就像是一場運動或一支舞蹈，但是在我內心深處，我還是幾萬年前的那個女人，對於愛不知所措，對於性迷茫混亂。

「走，我陪妳去。」麥可還是一樣迷人的微笑著。這樣的男人妳看不出他心中在想些什麼，就是他最可怕之處。

我們來到附近的一家小咖啡店，麥可等我點完東西，才開口說道：「上次跟保羅說過要約妳一起吃晚餐的事，不知道他跟妳說了沒？」

「什麼時候的事？」

麥可說了個日期，竟然是保羅自己約我去吃晚餐的日子。我不好意思說破，便回道：「他沒說耶！」

「嗯，大概你們都很忙吧！上次他說妳現在工作很重，最好不要打擾妳。所以我也沒打電話給妳。」

「你一向都這麼善體人意嗎？還是你有點白癡？」我在心中吼道。不過表面上我不能表現得太在意的樣子，那樣我就輸給他了。在愛情的遊戲中，如果沒有一點斤斤計較，就太像平凡的夫妻或太平淡的白開水，似乎無法滿足口味重的世代需求。

「已經秋天了，天氣還是好熱，不知道陽明山的楓葉紅了沒？」我刻意換了個話題。

麥可笑笑說：「我不知道陽明山的氣候，不過仁愛路上的楓樹已經開始落葉了。可能是太熱了，楓葉沒有轉紅，只是有點枯黃，但是生命的律動在召喚著它們，最後也只能飄落一地吧！」

對於說話像詩句一樣的男人最好要小心一點。這個道理我在大學時代就明白了。在那個青澀的歲月裡，曾經跟一位說話詩情畫意的男孩子出遊，在陽明山看過這一生所見最艷麗的楓紅，最後卻發現那個男孩子帶了每個女孩子上山看楓紅，一場幼稚的戀情還沒有開始就失敗了。現在的我已經不是大學女生，但是對於愛情，我好像還是沒有進化，仍然停留在原地。雖然自己會提醒自己，但是愛情來的時候，為什麼我仍然不知所措？

午餐的時間匆匆結束，麥可要趕著開會，我也有事要做，兩人便匆匆分手了。他並沒有跟我約定下一次碰面的時間，而我也不想再勉強自己說些會讓我後悔的話。愛情，就交給上帝吧！

回到辦公室，才剛坐定，瓊安就打電話來了。原來她碰到一樁麻煩事，雖然難不倒她，但卻讓她有點傷心。瓊安最近在做汽車銷售員。雖然景氣不好，她的業績倒是不錯。有一天她接到一個客戶的訂單，竟然是遠從嘉義來買車的。雖然她從來沒去過嘉義，但是為了業績，只好硬著頭皮去交車了。她先搭火車，到了嘉義找到分公司的經銷站，便開著新車上路了。經銷站的經理只給了她一個地址，大約畫了個地圖，告訴她怎麼走就不管她了。

勇敢的瓊安開著客戶的新車，在陌生的城市中想辦法認路，看到紅綠燈要轉彎，再下一個路口左轉……她就這樣猜謎似的開到了一片稻田中央，心中正在擔心是否迷路了，遠遠的看到一棟紅磚瓦的大房子，門口有個高大的男人在向她招手。瓊安很快的把車子開過去，總算完成了這項挑戰。屋主向她道謝，還請她進屋去喝了杯茶。瓊安看到那棟屋子中的陳設，知道這位主人的品味還算不俗，當下對這個男人有了點好感。回台北之後，過了幾個星期，那個鄉下豪宅的男主人竟然來找她了。他們兩人就這樣交往起來。

「聽起來很不錯呀！發生了什麼問題嗎？」

「問題可大了！他有老婆！最近把我煩死了！」

「瓊安，我們不是說過不要找有老婆的人嗎？那種人腳踏兩條船，好像很吃得開，其實卻是最差勁的情人！」

「可是愛情無罪，外遇有理啊！如果不是他們之間的關係有問題，我怎麼可能插得上一腳？」

「或許妳只是拿愛情做幌子。眞正的愛是犧牲、包容、體貼……」我像是傳道士一般說教。

「其實我也不想惹麻煩。不過，我已經跟他提出分手很多次了，他還是要來找我，怎麼辦？」

從加州回來的都會女子卻跟一個台灣鄉下的已婚男人談戀愛，這樣的戀愛邏輯讓我想像不出來，我只好答應瓊安，盡量幫她想想辦法，同時跟她約好見面時間，才掛斷了電話。

我轉過頭，看到米雪兒會意的朝我點點頭。或許天下癡情女子都有一些難以言傳的寂寞吧！我們只不過想要找一個恰如其分的男主角，爲什麼每次出現的都是一些已經過氣的演員？

我望向窗外，突然發現台北眞的下起雨來了。一絲絲的雨滴就像天上落下來的愛意，清脆響亮，無法隱藏。

什麼是愛情？愛情就像眼睛般，明晰卻又脆弱；有了眼睛才能看見色彩的繽紛，少了眼睛剩下的只是無盡的黑夜，而且只要掉進一粒小小的沙子，就能讓眼睛痛得止不住流淚。

愛情本身當然無罪，有罪的，是在愛情中破壞遊戲規則的人。有人說愛情沒有道理，但別忘了，我們是先學習當個人，再學習怎麼談戀愛。任憑外遇有千千萬個理由，都無法掩飾有人因為伴侶不忠而痛苦的事實。先學會當個好人，才有資格談論在戀愛中有多麼美好。

Story 13

失去了愛的自信心

放棄或許的想法，靜靜等待；
放下悲哀的想法，耐心等待。
某一天，某一個命中注定的時刻，
我一定會在世上的某一個角落，遇見你。

颱風天帶來了蕭瑟的感覺，捲起漫天的枯葉，飛舞在微涼的空氣中。雖然沒有理由匆匆忙忙，也用不著上班，但是我仍然加快腳步，似乎想在這颱風天的午後找到一點生存的價值。

愛情眞的是一個很奇怪的東西。一個人只要得到愛情，馬上就有了幸福感覺，生活也有了意義與目標。那些失落了愛情的人卻像是失去了生存的價值，遊蕩在茫茫的人海中，尋尋覓覓，不知所措。而我難道就這樣注定要在愛情的高原上漂泊一生嗎？雖然身邊有一些追求者，但卻都是縹緲不定的感情。保羅對我似有情若無意，何況他又是我的主管，我總不能自己投懷送抱吧？麥可雖然是我的鄰居，近水樓臺，但是他如果不主動來找我，我也不想厚著臉皮去纏著他呀！

我低著頭胡思亂想，這時突然有人叫住我：「小姐！」

我懷疑的轉過頭，看到路邊坐著一個穿白衣的老人，旁邊擺了個算命攤子，顯然是閒來無事，出來擺算命攤子的老先生。在人來人往的嘈雜都市中，這個清閒寥落的算命攤子格外引人好奇。老先生又說了：「小姐，我看妳愁容不展的，我幫妳算算看什麼時候會鴻運當頭吧！」

我停了一兩秒鐘，開口問道：「你算得準嗎？」

「包妳準，不準退錢！我算命算了三十年，還沒人砸過我的攤子……」

老人說著拿出了紙筆，問了我的生辰八字，開始推算起來。他邊算邊點頭，我則像個小學生在等老師發考卷一樣。好不容易算完了，老人說了：「妳呀心高氣傲，不肯服人，在事業上會有發展，但是感情上卻容易有挫折。目前看來有一些因緣，卻很難說誰是妳的真命天子。真命天子只有一個，如果選擇錯誤，將會遺憾終生。依妳的命盤看來，這個人應該是身高一百八十公分，沒戴眼鏡，喜歡讀書，好學不倦。問題是個性比較拘謹，太注重小節，有時會讓妳覺得太挑剔，妳的個性又好強，如果包容不下，就會起爭執。最好能放下妳的驕傲之心，好好把握，不然會有第三者介入哦……」

我聽得入神，他說的每一句話都像霧又像花，讓我弄不清楚眞假。但是不知道爲什麼，聽完他的解說之後，我的心情突然開朗起來，好像愛情又有了希望，只要勇敢的往前走，愛神就會在轉角之處等待著我。

回家後，我立刻打電話給瓊安，她不在，只有答錄機響著。我留下了訊息：「瓊安，我想到一個好辦法。明天下班後來找我，我們一起去算算命，或許能找出解決問題的辦法。」這天晚上我睡得很熟，似乎連夢中也在微笑。

第二天上班時，我一進辦公室就看到保羅坐在位子上看書。他一向沒有戴眼鏡，也許是戴隱形眼鏡也不一定。他看書的樣子很專注，一副很好學的樣子，難道是他？我偷偷的觀察著他。

米雪兒突然跑到我身邊，害我嚇了一跳。她笑著說：「幹嘛那麼緊張？

做了虧心事呀？」

「沒有啦……」我還沒說完，米雪兒卻搶著說了：「告訴妳，我昨天在家沒事，上網去算一下命，結果妳猜怎麼樣？」

「怎麼樣？」我馬上好奇的問道。

「我的星座上說最近有桃花運呢！」

「桃花運？好的桃花還是爛桃花呀？」

「不知道。反正有好事就對了！」

「難怪妳今天心情很好哦！我昨天也碰到一個算命先生，就在公園旁邊。」

「算得準不準？」

「誰知道。不過他告訴我眞命天子是什麼樣子的人。」

「眞的？好厲害喲！我也想找他算算。對了，那天我聽琳達說她有個阿姨，丈夫到大陸去工作，懷疑他有外遇，幾乎三天兩頭就去算命，只要有一點風吹草動，就要算算看該怎麼辦。」

「妳不是跟琳達吵架了嗎？怎麼還跟她談這些？」

「也還好啦！她後來也跟那個網路情人分手啦！現在又是一個人孤孤單單的，總想找個人談談心事吧！」

「妳還眞沒原則呢！對了，我跟瓊安說要一起去算命，妳要不要去？」

「好啊！」

米雪兒才說完，小方卻朝我倆走來了。他先是咳了一聲才開口：「米雪兒，這個案子我可以跟妳談一下嗎？」

米雪兒朝我擠擠眼睛，便離開了。這時我看到穿著露臍裝的琳達走進了辦公室。我的心中突然有不祥的預感，難道她今天又找到新目標了嗎？我隨著她的眼光游移著，最後落到保羅的身上，我的心跳加快，覺得好像大難臨頭。

下班之後，瓊安果然來找我了。薇薇安跟在她身邊，兩個人看起來都神采煥發。我好奇的說：「妳們不是都說有問題嗎？怎麼看起來卻神采飛揚的樣子？」

薇薇安笑了，瓊安卻搶著說：「我們昨天就是去算命了。妳打電話來已經晚了一步，不過我們今天還是來找妳，想跟妳聊聊。米雪兒呢？她不來嗎？」

我轉過身，剛好看到米雪兒從小方的桌邊走回來。她的臉上也是容光煥發的樣子，難道她也因爲算了命而快樂起來了？

米雪兒朝我招招手，又指指門外，我點點頭，我們三個便先下樓去了。四個人來到敦化南路上一家美麗的咖啡廳坐下，米雪兒很興奮的說：「妳們知道嗎？今天小方要約我出去呢！」

「妳以前不是說不喜歡那個老土男人嗎？」瓊安說道。

「我現在覺得男人如果老實可靠一點，其實就不必愛得那麼辛苦了！」

薇薇安卻幫腔著說。

「妳自己不是也跟一個鄉下男人談戀愛嗎？」米雪兒反駁說。

「唉！別提了。其實我也見多識廣，什麼男人都交過了，誰知道這樣一個淳樸的男人卻會讓我心動，連我自己也都很驚訝！」

「他到底哪一點吸引妳呢？」我好奇的問。

「就是因爲他跟我完全不一樣，所以才吸引我吧！或許就因爲他的鄉土氣息，那種傻氣吧！我很少在都會男人身上看到那種氣質……」

「妳是說路邊攤的氣質？多得很呀！」

「不是，不是，我是說……就以他的雙手來說吧！感覺很有力量，像是會耕田種地的感覺，跟拿電腦滑鼠的那種手就不一樣。」

「拜託！妳又不是要去做種菜婆，跟這種人在一起有什麼樂趣呀！」

「妳不知道，我從小就很想嫁給像農夫、園丁、木匠這種人。因爲我父親是個知識分子，除了讀書什麼都不會做。每次家裡東西壞了都沒辦法修理，不是媽媽跟我想辦法修，就得找人來修。所以我從小就很羡慕別人有一個能幹的父親，什麼都會做。妳知道嗎？他前天還自己做了一個松木書架給我，說是要讓我放我的資料夾。我聞到松樹那種清香，眼淚都要掉出來了。」

「那他太太怎麼辦？算命的怎麼說？」米雪兒問道。

「算命的說這是她命中注定的緣分，只要過了一百天就會沒事了。要她最好出國避一避風頭。」薇薇安幫她說明了。

「薇薇安，妳也去算命啦？有沒有算出妳的眞命天子是誰？莎賓娜都算出來了呢！」米雪兒興致勃勃的問道。

「算命先生說我的愛情運還沒到，要等到明年才會有機會。不過他卻說我曾經有機會結婚，但卻被我自己破壞掉了。」

「妳是說那個公車司機呀？其實仔細想想，只要他是品德不太壞，起碼他是個男人，不是嗎？」瓊安笑著說。

大夥開始嘰嘰喳喳討論起算命與男人的種種。我發現每個人似乎都想利用算命來為愛情撥雲見日，或許我們都失去了愛的自信心，再也不相信自己有能力找到眞愛了。但是我相信，某一天，某一個命中注定的時刻，我一定會在世上的某一個角落，遇見你。

偶爾，我們開心於遇上帥氣的白馬王子，但認識久了，才發現其實是傻氣的唐吉訶德，不免感嘆著，世上真有所謂命運的邂逅嗎？尋尋覓覓後的挫折，讓我們失去了相信自己有能力找到真愛的信心，試圖從算命仙話語中，找尋可能的蛛絲馬跡。

然而，戀愛根本無須跑算命攤，因為戀愛不會因為少了戲劇性的命運安排，真愛就不再是真愛；每個人都有獲得真愛的權利，也許少了些偶像劇灑狗血的情節，但一段真摯而長久的戀愛，就算沒有王子與公主，也足以成為生命中最浪漫的事。

Story 14

愛情催化劑

即使沒有地圖也沒有關係，輕風會為你指引路徑；
即使沒有伴侶也沒有關係，愛情會為你指引路徑。
那些看起來沒有意義的日子，不由自主的傷害彼此，
又為彼此療傷止痛，原來卻是一種愛情的方式。

上個星期才算過命的薇薇安突然打電話來，約我中午跟她見面。在辦公室附近的咖啡屋，我看到薇薇安一臉頹喪的坐在角落裡。

「怎麼啦？薇薇安，妳看起來好像瘦了一圈。」

「哦，我去跳韻律舞減肥嘛！不過最近沒去了，大概又會胖回來了。」

「怎麼啦？爲什麼不去了？」

原來薇薇安去跳韻律舞時認識了一個舞蹈老師，之後她就是爲了他才繼

續去學跳舞減肥的。過了沒多久，他倆就變得無話不談，甚至前一陣子還一起去日本旅行過。就在旅行的途中，薇薇安才發現這個老師是個同性戀。

「妳怎麼知道他是同性戀的？」

「他每天早晨起來都要化妝，比我還要講究。而且他還喜歡穿我的衣服。起先我不覺得怎樣，後來到當地的酒吧去，我看到他對男人拋媚眼的樣子，才知道他原來是同性戀。」

薇薇安說著淒涼的笑了笑，「莎賓娜，我現在才覺得以前跟那位公車司機在一起，什麼重要的事也沒做，只是一起開開車，看看風景，聊聊天，現在想來那些毫無意義的事卻好有意思呢！」

我不知道該如何安慰她或鼓勵她，她卻說了：「好啦！訴完苦心情就好多了。莎賓娜，我最羨慕妳了，沒有愛情的煩惱，好幸福呀！」

其實我的生活也並不是完全沒有煩惱，只是不好對她啓齒。已經一個星期了，每天我都看到琳達在保羅的桌上放了一封信。雖然這不關我的事，但是琳達那種招搖的模樣，要讓人視而不見是很困難的。一天下班時，我忍不住跟米雪兒說了：「喂！妳有沒有注意到，琳達每天都在保羅桌上放一封信？」

「對呀！」米雪兒搖搖頭說，「大家都在談她。她還眞大膽呢！聽說上個星期她跟保羅出去約會過一次，這個星期就每天都寫情書給他呢！」

「保羅眞會看上那種女人呀？」我癟癟嘴說。

「莎賓娜，妳眼光再高吧！最好高到頭頂上，這樣一輩子都不要嫁人了。」

「也好。那樣老了我們兩個可以作伴，相親相愛。」

「誰要跟妳作伴？我可是要嫁人的！」米雪兒瞪了我一眼說，「就是妳不用心一點，琳達才有機可乘的。」

「這跟我什麼關係？」我大惑不解。

於是米雪兒告訴我一個大家都知道的祕密。琳達的生活中一向少不了男人，永遠在尋尋覓覓。那天她跟保羅出去吃飯，保羅告訴她自己有意中人，但是那個女人對他總是若即若離的，讓他不知道如何是好。琳達一聽心花怒放，條件這麼好的男人竟然還被人挑，豈不是上天賜給她的大好機會？於是她這個星期立刻展開攻勢，眼看保羅就要不保了，據估計只要再過個一兩天，他們就會成雙成對了。

「保羅的意中人——他沒說是誰嗎？」我小心翼翼的問。

米雪兒敲敲我的頭說：「妳這個呆子！保羅的意中人除了妳還會有誰？大家都看得出來，每次他都在找藉口接近妳，只有妳假裝清高，不理人的。」

我悶悶的不吭聲。在我的心中有許多不同的滋味，似乎有點歡喜，又似乎有點哀傷，我不知道我的感情該歸屬何處？或許在某個不經意的夜晚，我將它遺忘在枕上，就再也找不回來了。

但是每天看到琳達一副趾高氣揚的樣子，我又心有不甘。我常常問自己：「如果保羅喜歡的是我，爲什麼要讓別人有機可乘？不過，雖然他喜歡我，但是我眞的喜歡他嗎？」想到這個問題又讓我舉棋不定。或許在心底是有一點喜歡的感覺，可是那種淡淡的感覺卻成不了一種衝動。或許因爲琳達，我的心被催化了，愛情的感覺好像一點點在滋長中。

到了星期五的會議上，保羅突然宣布下個星期要出差一週，南部的廠商要我們去做一點宣傳活動。他清清喉嚨說：「我們這一組要派兩個人去。就我跟莎賓娜去好了，小方，社務方面的工作就暫時由你代替吧！」

保羅說完也不看我一眼，就跟小方討論起下週的事宜。米雪兒對我眨眨眼，我看到琳達的眼睛瞪得都快凸出來了。突然我有一種惡作劇的快感，我決定要跟保羅去南部出差了。

雖然已經是秋天，南部的太陽仍然驚人的艷麗。我們走訪了許多客戶，最後來到最南端的墾丁。這裡像是個熱帶島嶼，有著與大都會完全不同的風情。所有的工作幾乎都完成了，保羅的心情似乎很輕鬆，他帶著我去吃大餐、喝紅酒，臨了還跟我在沙灘邊的小店中閒逛了好一陣子。他突然說：「莎賓娜，我帶妳去看星星！」

他一邊說著，便不由分說的拉著我就跑。突然之間我覺得他變成了一個小男孩，而不再是辦公室中的嚴厲主管了。我隨著他奔跑了一陣子，沙灘似乎愈來愈遙遠，天空也愈來愈遼闊了。終於他停下步伐，指著沙灘邊的一小塊岩石說：「我們就在這裡坐坐吧！」

海風很涼，我忍不住顫慄了一下。保羅便將我擁進懷中，讓我感覺到一陣溫暖。那像是很遙遠的記憶，又像已經陌生的熟悉感覺。他握住我的手貼上他的臉龐，用一種夢幻般的聲音說：「莎賓娜，我只需要看著妳，因爲天上的星星都照進妳的眼睛中了。」

那次的出差獲得極大的成功，當然也包括我在愛情上的勝利。大家都開始認爲我們是一對戀人了，但是每次看到琳達，我都會懷疑，如果不是因爲她，我眞的會下這樣的決定嗎？那些看起來沒有意義的日子，不由自主的傷害彼此，又爲彼此療傷止痛，原來卻是一種愛情的方式。

小時候，課桌中間總有一條線，討人厭的男生總喜歡故意超過線，讓女生氣得又打又罵。但妳知道界線是什麼嗎？它一方面意味著將人隔開，另一方面卻又是對另一個人提出邀請，讓對方知道只要跨過這條線，你我的世界將徹底不同——你的世界中有我，我的世界中有你。

於是乎，當我們長大後，雖然粉筆白線逐漸模糊，但那些以讓人討厭方式引起意中人注意的行為，卻從未減少。

當妳愈想忽略一個人時，他就愈會用跨線的方式，逼得妳不得不看見他的存在，同時也發現自己對他的期待。

Story 15

靈性與獸性

生活在這個城市裡，一定需要一場美麗的邂逅才能說服我們戀愛？
難道我們不能從現在開始，就從此時此刻，
開始認真的付出，真心的相愛？

出差回來沒兩天，公司的另一個部門又出問題，我就被調去支援了。雖然在南部的種種浪漫情懷似乎仍然留在心中，但是我的生活中已經充斥著工作、加班、會議、文件等等，讓我無暇顧及私人生活。

不過雖然隔著一個部門，我卻仍然能聽見一些四處流竄的流言。一天中午，我剛要進會議室密集開會，還沒進門就聽到兩個女孩子在談話。其中一個說：「妳看到隔壁部門的琳達嗎？」

「企劃部那個琳達呀？怎麼啦？」

「她最近穿得花枝招展的，八成又在勾引哪個男人了！」

「妳怎麼那麼清楚？」

「唉！以前我跟她同一個部門的。她那一招我看太多了。每次只要一有目標出現，她就會打扮得像個酒家女一樣，這次不知道是誰要遭殃了！」

「別人搞不好覺得是艷福呢！」另一個幸災樂禍的說。

大約是我的推門聲驚動了她們，話聲終止了。我低著頭進入會議室，假裝在整理文件，心中卻七上八下的胡思亂想著。她們說的琳達我也認識，但到底琳達的目標是誰呢？一連幾天我已經忙得沒空回辦公室了，等一下我倒要抽空去看看。

下午三點左右，我終於找出時間回辦公室一下。還沒來得及整理位子上的東西，就看到保羅走進辦公室，身後跟著琳達。保羅一臉好整以暇的表情，琳達則露著肚臍，緊貼在他身邊說東說西。剛剛聽到的閒話在我的腦海中發酵，我有一種想要上前去理論的衝動。

或許我眞的不明白男性這種生物。保羅跟我在墾丁的海邊有過心靈的交流，我以爲回到台北，我們就會成爲一對戀人。但是現在面對著琳達的肉體的吸引力，保羅似乎已經把心靈交流這回事忘個一乾二淨了。

我正想衝過去，桌上的電話卻響起來。隔壁部門的主管在叫我了。我只好快快的收拾一下東西，先去工作再說。這一天忙到深夜才回家，緊繃的情緒讓我鬆弛不下來，打開電視，螢幕上播放的卻又是打打殺殺的新聞。一個女人變心了，男人拿菜刀砍了她十幾刀。一個女學生搭公車回家，下車之後失去蹤影。幾天後發現被人姦殺在荒涼的路邊，兇手竟是鄰居的熟人……這樣的恐怖電視實在讓我看不下去，我關掉電視，打電話給瓊安。自從上次跟她談過算命的事之後，就好久沒有聯絡了。

「瓊安，妳比我有經驗，我想問妳一下，男人是不是只有獸性，沒有靈性？」

「妳還說呢！最近我才碰到一樁倒楣事。我去看醫生，那個醫生一直對我毛手毛腳的，還要約我吃飯，我們連看醫生的安全保障都沒有，何況是社會上那些沒受過多少教育的男人，誰知道他們會做出什麼來？」

「爲了安全起見，是不是我們應該不管什麼男人，先把他們列入野獸的地位，慢慢看他們會不會頭上長角、伸出爪子，或是披著羊皮的狼？」

「誰知道？也許新聞上出現的只是一些壞分子？我們是不是還是要對男人懷抱希望呢？」

我們的話題沒有結論。就像我的戀情從沒有結果一樣，或許我們都忙於保護自己，已經喪失了洞察力。而先把對方看做是低等動物，是否又眞的能保護自己呢？我疑惑到深夜，無法成眠。

第二天帶著倦意來到辦公室，今天的工作已經到一個段落，我可以稍微輕鬆一下了。米雪兒看到我回辦公室，非常高興的笑了笑，眼神中卻有欲言又止的訊息。我知道她要說的是什麼，我已經決定無論如何要去跟保羅說清楚，問明白。

下班之前，我終於找到一個空檔，衝進保羅的辦公室，假裝要找他討論案子。我氣沖沖的推開門，卻發現保羅不在位子上，一個男人背對著門坐著，聽到我推門聲，他轉過身來，竟然是麥可。

「麥可——你怎麼會在這裡？」我結結巴巴的說。

「我來找保羅談一點事。」麥可說著把金邊眼鏡摘了下來，我才注意到他戴了眼鏡。

「你戴眼鏡啊？我怎麼沒注意到？」我驚訝的問。心中有點失望的感覺，因爲算命的說我的眞命天子不戴眼鏡的。

「大概最近電腦打多了，眼睛有點吃力吧！」麥可說著不好意思的揉揉眼睛。

「保羅不在就算了，我走了。」

「莎賓娜，妳是不是要下班了？我送妳回家吧！反正順路不是嗎？」麥可有點緊張的說。

我笑了，點點頭。跟著麥可出門時，保羅還是沒出現。但是我的心情已經平靜下來了。不管這個男人是野獸，還是有靈性的人類，我想我都先要學會保護自己，才能跟他公平的討論事情吧。

在回家的路上，經過一家花店，那是我每天回家前都會停一下腳步，欣賞一下花朵的地方。麥可突然要我等一下，他要進去買花。我以爲他要送給誰，對於男人這種野獸的行爲，我已經失去研究的興趣。畢竟，我是個有靈性的女人，要眞正懂得野獸的行爲跟語言，還是得花一番功夫的。

麥可走出店中，手上拿著一束玫瑰，遞給了我：「送妳！」

我呆住了，不知是否該接住這一束的美麗。麥可把花放在我手中，笑著說：「這束花表示我的歉意。這幾個月來，我想了很多，雖然我沒有辦法忍受家中多出一個女主人的身影，但是，就讓我們從此時此刻，重新開始好嗎？」

我抱著玫瑰花束，心中明白一個野獸是不會懂得送玫瑰花的。但是，愛情是什麼？難道我們真的可以放下所有的自我，放下對對方的種種疑惑，真心的戀愛嗎？生活在這個城市裡，一定需要一場美麗的邂逅才能說服我們戀愛？難道我們不能從現在開始，就從此時此刻，開始認真的付出，真心的相愛？

人們總說，女人是感性的，男人是理性的。然而，果真如此嗎？

每個人的內心都有一座衡量理性與感性的天平，在愛情路上搖擺前進時，每一次的成功與失敗，都引領著我們在理性或感性的秤子上加減砝碼；失敗了就加一些理性好保護自己，癡戀時明知內心秤隨時可能翻覆，卻依然讓所有砝碼押在感性。平衡，真是一件困難的事情。

為了不讓過多的理性扼殺了一段尚未開花的感情，或是過多的感性讓自己陷入撲朔迷離的愛情遊戲，終其一生，我們都將繼續著加減理性與感性砝碼的動作，特別是當有一方昏了頭，另一方要記得為對方增減砝碼，愛情才能永續經營。

男人與女人皆如此。

Story 16

彼此傷害與療傷的愛情記憶

在月光下的你看起來如此美麗，
是我夢中的依戀，心中的幻影；
在陽光下的你看起來如此真實，
是我不敢置信的清醒，與不能接受的現實。

我決定把保羅當成「狼」這種等級的生物，看他披著羊皮的外表會變出什麼花樣來？或許現代女性只有用這樣的心境，才不容易在愛情中受傷吧？

我帶著高昂的鬥志來到辦公室，開始埋頭工作，不知過了多久，一抬頭竟看到保羅端著一杯咖啡來到我身邊，他輕聲說：「莎賓娜，還在忙啊？今天看妳連動都沒動一下，喝杯咖啡吧！不要太累了。」

我甩甩頭站起身來，小聲的說：「謝了！用不著對我虛情假意！」

保羅正要辯解，我伸手取出電腦上的磁碟片，一個不小心就將咖啡打翻了。滾燙的咖啡潑了他一身，引起一陣騷亂。我正忙著找面紙幫他擦拭，遠遠的琳達卻看到這一幕，立刻拿著面紙盒衝過來，在保羅身上上下其手的亂擦一通。本來我還有點心懷歉意的，看到琳達嗲聲嗲氣的嘮叨著：「哎呀！經理要倒咖啡怎麼不跟我說呢？你看吧！這麼帥的西裝都弄髒了！我待會兒幫你拿去送洗吧！」

保羅滿面通紅的站在原地，似乎不知所措。我沒好氣的大聲說：「你們兩個不要在我面前打情罵俏！」說完我大步走出辦公室，留下一屋子錯愕的同事。其實我也覺得不可思議，我會這麼生氣，難道眞的是因爲愛上了保羅？愛到底是什麼呢？彼此傷害，彼此療傷，然後再傷害、再療傷所組合成的記憶嗎？

下午回到辦公室，麥可竟打電話來了。他約我在敦化南路一家有名的法式餐廳見面。麥可一向過著簡約主義的生活，這次竟然會請我吃法國大餐，的確不同凡響，或許就像他說的吧，愛情不一定需要浪漫的邂逅，什麼時候都是適合談戀愛的時候。

這家法國式餐廳有一扇美麗的窗景，可以看到遠處的燈火閃爍，非常遙遠的車聲竟像在夢中駛過的馬車聲般輕盈。麥可點了開胃酒，然後開始研究菜單。他像在研讀科學報告一般從頭看到尾，而我中午氣得沒吃飯，正想大吃一頓。誰知他點了一盤沙拉、一份炭烤蝸牛，就完畢了。侍者來到我身邊問我要點什麼，我掙扎了半天，最後還是咬著牙點了牛排。眼前這個男人想要保持身材，吃得跟小鳥一樣。而我卻餓得可以吃下一頭牛。我想到我們兩人生活方式之不同，當初在他家那張水床上，我想要享受一下慵懶的浪漫情懷，他卻把我推開，說是我弄亂了他的床單。雖然我們曾經有過美好的時光，但是顯然抵不上眞實的力量。在夢中我可以自由自在，眞實的陽光卻會將我的夢境刺穿。

麥可的蝸牛來了一陣子，我的牛排才送上來。我們喝著紅酒，談起這一陣子的如意或不如意。麥可的公司有愈來愈多的生意是要到大陸去洽談，而我對於工作中的人際關係總有許多的抱怨，不知不覺一瓶紅酒就喝光了。我感覺我們眞像是一對相處多年的老夫老妻，永遠有說不厭的家常話。

吃完飯後，麥可開車送我回家。反正我們住在同一棟公寓中，不一起回去也不行。想到這一點，突然發現原來我跟麥可之間就是缺少了一點距離的浪漫感，彼此的生活空間太接近了，一點神祕感也沒有，浪漫的愛情自然消失了。

車子才離開敦化南路，麥可就接到一通電話。他的聲音聽起來有點緊張：「什麼？電腦軟體不見了？昨天才裝的不是嗎？一定有鬼！好好好，我馬上來！」

「怎麼了？」

「莎賓娜，我先送妳回家，再去公司。聽說是我昨天新裝的軟體失竊了。有點詭異，我要去看看。」

第一次看到麥可一臉嚴肅的樣子。過去都是在公園碰到他，總是看到他穿著運動服的樣子。現在他一臉嚴肅的樣子，似乎比較像保羅，不像他自己了。或許，我根本不知道眞正的他是什麼樣子。

回到家門口，麥可讓我下了車就匆匆離去了。我走了幾步路，正想開門，突然覺得一陣噁心，急忙跑到水溝邊吐了一下。正在難受時，一個人遞了一方白手帕給我，富有磁性的聲音低沉的說著：「小姐，妳還好嗎？需不需要我幫忙？」

我轉過頭，看到一個穿著風衣的高大身影，在月光下看起來就像是夢中的騎士。我不知如何作答。那個夢幻的聲音又開口了：「小姐，有沒有問題啊？要不要送妳回家？」

這是今天晚上第二次我痛恨自己住在這個地方了。雖然千載難逢的碰到一個善心的英俊男子想要送我回家，但是我的家卻近在咫尺，我總不能要他送我上床吧？我只好無力的說：「沒關係！我就住在這裡，糟了！我把你的手帕弄髒了，怎麼辦？我幫你洗乾淨再還你吧？」

「沒關係的。」男人笑了笑說，「這樣好了，這是我的名片，如果妳想還給我，就跟我聯絡吧！」

男人說著瀟灑的揮揮手，走進路邊一輛賓士車裡，我呆呆的看著車子遠去，心中還有點不可思議的感覺。回到房中，我躺在床上，手中還握著那方手帕，或許這只是一場夢？明天早上就什麼都沒了，沒有手帕，沒有賓士車，沒有英俊的王子，也沒有名片。只有手帕上淡淡的古龍水味飄散在空中，留下一點眞實的幻影？

在月光下的你看起來如此美麗，是我夢中的依戀，心中的幻影。

女人想像關係中未來的所有可能性，就像男人幻想工作的前景，正因為想像多少有點不切實際，難免過度解讀，甚至美化了眼前這個讓人傷痕累累的臭傢伙。

「也許有一天，他會變。」也許，只是也許。這是一個好問題，但誰敢真正去問呢？就算問上一百次，女人還是能想到一百零一個理由去搪塞自己。

女人是一條永遠不會被污染的銀河，男人給的傷，黯淡不了女人發自天性對愛的純真。

女人不會對男人失望，而是對「你」這個男人失望。

Story 17

過渡男孩

妳穿著淡綠色的皮鞋走在街上，
像一隻貓走在絲絨布上。
真希望說些讓彼此感覺美好的話，
但我卻不知要說些什麼才好。

這是一個灰濛濛的下雨天，鷓鴣鳥在樹林中呼喚。我的心情也像這個雨天一樣潮濕，記憶的痕跡就像車聲一樣呼嘯而過。

其實我早已過了夢幻的年紀，但是沒有了夢幻的生活，卻如此的乾枯乏味。已經一個星期了，我總是會打開抽屜，看看那張清洗乾淨的手帕，想像一下彼此可能會有的未來。

這個月光下的夢幻騎士，其實是完全陌生的一個男人，但是在保羅與麥可不可捉摸的感情之間，我覺得空虛而寂寞，也許我得趁著花樣年華還在，努力挽救一下自己的愛情。

星期五的下午，快要下班之前，我撥了電話，對方很快就來接聽了。說也奇怪，我聽到他的聲音中有一種很明顯的輕鬆感覺。「啊！妳就是那天覺得不舒服的那位小姐啊？——莎賓娜，很好聽的名字——」

「我想把手帕還給你，才打電話來的。」我故做清高的說著。

「哦！好啊！我們哪天約個時間見面吧？」他很輕快的說著，讓我以爲他眞的很高興聽到我的電話。

「那你——今天有空嗎？」

電話中沉默了一下，然後又是開朗的聲音，「眞不巧，就在妳打來之前，一位朋友跟我約了要見面，我們約下個星期一中午怎麼樣，有空嗎？」

「好！就這樣吧！星期一見。」

掛斷電話，我發了一陣子呆。這一切好像不是我想要的，但是我又不清楚自己想要的是什麼。這時米雪兒走到我身邊悄聲說：「下班後一起走吧？瓊安跟薇薇安在等我們。」

我一看錶竟然已經六點多了，愛情眞的能讓人忘記時間的飛逝，即使是虛假的愛情幻想也有同樣的功能呢！我收拾好東西，一抬頭就看到保羅在遠遠的角落看著我，想要說些什麼的表情。我正想該如何回應，琳達卻又突然冒了出來，對著保羅嘰嘰喳喳說個不停，我只好低下頭，裝著什麼也沒看見，收好東西就走了。

來到我們幾個常去的一家餐廳，瓊安一看到我就說：「咦！莎賓娜怎麼變瘦了？有心事啊？」

「別提了！還不是那個琳達搞的鬼。」米雪兒開始訴說公司裡的八卦，我卻心不在焉的聽著，薇薇安看出我的不專心，便問道：「妳是不是還在想那個麥可啊？」

「什麼麥可？不是過去式了嗎？幹嘛還要提他？」瓊安不快的說。

「誰知道？死灰也可以復燃呀！」薇薇安委屈的說。

「他不是妳的公車司機，你們交往很久了，當然可以破鏡重圓，莎賓娜不一樣，那個麥可根本有潔癖，這樣的男人怎麼嫁？每天光打掃就忙不完了！」

「好啦！別提這個人了。我最近又碰到一個神祕的男人——」我故做神祕的說。

大家的耳朵都豎直了，想聽聽看是怎麼回事。聽完了故事，米雪兒說：「哎呀！好可怕，還是不要跟這種不認識的人來往吧！」

瓊安白了她一眼，搶著說：「告訴妳們，在找尋眞愛的途中，這種過渡男孩是很有必要的。」

「什麼叫過渡男孩？」

「就是像一座橋樑或是一艘輕舟的男人，這座橋樑可以讓妳從這一頭走到另一頭，找到妳的眞愛；這艘小舟可以載妳度過愛情海洋，到達愛情彼岸。」

「眞有這麼好用的男人嗎？」薇薇安疑惑的說。

「當然，妳不能找到一座就要腐朽的吊橋，可能會讓妳葬身谷底。妳也不能找一艘駕馭不了的大船，到時候連家都歸不得。最好是承載不了許多愁的蚱蜢舟，用完就可以扔了。」

瓊安說得很神奇，我卻懷疑世上真有這樣的男人嗎？蚱蜢舟？那個夢幻騎士會是個過渡男孩嗎？

星期一的中午，我來到約定的咖啡廳裡，沒想到他已經坐在角落中等我了。很好，不但不遲到，甚至早到的男人，一定很值得信賴。我坐下來，看著他英俊的神情與得體的衣著，心想自己一定是在夢中，否則不會有這樣的好運降臨！

「這是你的手帕！謝謝你。」我害羞的送上手帕。

他很大方的接過手帕，卻遞給我一個小盒子。「喏，這是送妳的。」

我呆了一下，不知該不該收下。他卻繼續說：「大家能相識就是有緣，這只是個小禮物，希望妳能記得我美好的一面。收下吧！妳可以打開來看看。」

我收下了禮物，打開來看，是一個水晶項鍊，淡紫色的珠串閃爍著神祕的光影。我輕呼了一聲，像貝殼般的美麗紫色，難道我真是在作夢嗎？

他開始跟我聊起工作的狀況，我問起他的工作時，他卻避重就輕的說：「哦！我的工作很單純。我算是SOHO族吧！」

我還想再多問，他的手機卻響起來。他有點不安的接起電話，才喂了一聲便站起身來，走到餐廳外的角落去接聽。我遠遠的看著這個男人帥勁優雅的身影，還是有點如在夢中的感覺。

他回到桌邊，很有禮貌的跟我道歉。「朋友有點事要找我幫忙。妳知道在家工作的缺點就是沒有上下班時間，隨時都要應付工作上的應召的！」

我們笑了起來，開始不著邊際的聊了一下。到了上班時間，我還不想走，倒是他說了：「時間也不早了，我看妳還是趕快去上班吧！我們再約個時間見面好了。」

有了這個約定，我很放心的走了。女人似乎很需要某種承諾，就算是口頭上的承諾也好。而這正是前面兩個男人很不善於表達的事。

跟這位夢幻騎士的交往就像是一場輕快的舞蹈，舞畢就可以不留痕跡的分手？或是可以把他當作是那艘蚱蜢舟，用完就可以扔掉？

畢竟，他做不成我愛情海洋中的過渡男孩，想要到達愛情的彼岸，或許我還是得另想辦法。也許我只想尋訪讓人感到心靈溫暖的相遇，而不想要有太多的詮釋？

距離可能扼殺愛情，卻也可能因為距離而催生一段關係。

就像是跳舞般，兩人總要留有自己的迴旋空間，才能自在的舞出動作而不會踩到對方；一些些距離讓愛情中有了兩人各自迴旋的空間，使戀人不會因為過度摩擦而將熱情損耗殆盡。

有時，一段發生在異地的戀曲，隨著離開而留在那兒的時光，永遠不會因為任何一方年華老去而不再美麗，是最浪漫的故事。

距離，就是如此微妙的調節劑。

Story 18

溫柔是我唯一的生存法則

當一個人無法再愛一個地方時，那就路過吧！
當一個人無法再愛一個人時，那就錯過吧！
心的顏色總是不斷的暈開，因此我要不斷的確定你的感覺，
不斷的告訴自己，繼續愛下去的理由。

星期天的下午，突然覺得想要買一束花。或許是因爲昨天經過花店，在玻璃窗裡看到一束美麗的夜來香，但是店門深鎖，沒辦法購買。於是一整個晚上，我都在幻想著夜來香的芬芳。其實每一天的生活當中，瑣事就已經佔去很多的分量。一束花不過是個幻覺，包裝住那無法承受的生活之沉重。

假日花市一向是個嘈雜的地方，但是因爲孤獨，反而覺得在那樣的聲浪

當中有一種優游自在的感覺。有很多玫瑰花的攤子，但是此刻我需要的不是玫瑰花，而是一束清麗的夜來香。走過一長串的攤子，卻始終沒看到夜來香的影子。這眞像是在尋找愛情，衆裡尋他千百度，那人卻在燈火闌珊處，讓妳始終捉摸不定。

突然一個人迎面走來，手上竟然拿著一束夜來香。我盯著那束花，正想開口詢問，抬起頭來卻發現是麥可。他捧著淡綠淺白的花束，臉上也是同樣淺淺的笑。

「你——怎麼會在這裡？」

「我看到妳出門的。本來想叫妳，但是看妳一副很有目標的樣子，就算了。我想乾脆來買花好了，誰知道妳也來了。」

我跟著麥可重新回到那個躲在角落的攤位上，果然有許多奇花異草，只有夜來香散發著淡淡的清香。我們一人捧著一束花，漫步在信義路的林蔭間。涼爽的風穿過林間，感覺上非常秋天。

「啊！這裡有一家義大利餐廳，我們進去喝喝咖啡吧！」麥可突然指著路邊的招牌說。

「嗯——好吧！」我把原本想要說的話吞回去了。在我的心中總有些說不清楚的疑慮，這個男人到底是用什麼樣的心態來對待我？我有點不明白。何況從上次我們見過面之後，又已經幾個星期過去了。現在的我已經倦於等待，也不想再逃避愛情的幸福了。

自從認識了那位有如夢中情人般的男子之後，他那種溫柔體貼，瀟灑自在，又帶點憂鬱落寞的氣質，已經塡滿了我寂寞的心情。他跟麥可是完全不一樣的男人，就像是少女時代的夢中情人出現在眼前，讓我身不由己的感覺到愛情的滋味。

星期一下午，那位夢幻騎士果然又打電話來了。我芳心雀躍的在電話中聽到他低沉的聲音說：「今天晚上我們一起吃晚餐吧？」

突然之間，我覺得自己今天的穿著很不得體，而也許我會在意這些事就是因爲太過在意對方了吧？他開著車子來接我，不但送了我一束玫瑰，還爲我打開車門。我就像一個公主般受到了優渥的禮遇。在餐廳中他爲我開門，拉開座椅，種種優雅的儀態都讓我有如夢之感，我眞的不敢相信，在這樣的年代中還會有這樣體貼有禮貌的男人？何況又長得如此英俊，留著飄逸的半長髮，穿著白襯衫、黑長褲，像極了從漫畫故事中走出來的美男子。

但是誰知道呢？每個人都有走運的時候吧？或許這該是我享受一下愛情美妙滋味的時刻了！在這一個星期當中，我都陶醉在這樣的夢幻感覺中，無法自拔。連米雪兒都說了：「莎賓娜，我想這次你是認眞的在談戀愛了。」

一個星期的美好時光過去後，他卻突然消失了蹤影。我打電話過去，手機永遠是關機，只能留話。我留了好幾通留言，卻一點回應也沒有。在心煩意亂中，我突然想到有好幾次他都接到一些緊急的電話，就說要提早離開。而他的手機鈴聲總是貝多芬的命運交響曲。因此一聽到那樣的樂聲，我的心中都會有不祥的預感。現在他徹底的消失了，而我無計可施。

就在心情跌落谷底的那一天，晚上入睡前突然又接到他的電話。在電話中他依然如此親切，但卻有點急促的說：「莎賓娜，我臨時有事出國了，來不及通知妳，很抱歉……」

「你在哪裡？我找你好多天了……」

突然在電話那頭出現一個雜音，彷彿是一個女人在呼喚他的聲音。他頓了一下匆匆的說：「這樣吧！我回來再跟妳聊！」

電話匆匆掛斷了，什麼也來不及說了。再過了一個星期，他終於又出現在我面前，說是要帶我到淡水看夜景。我打扮得像個仙女，去赴午夜王子的約會。我們到了淡水，在黑暗中欣賞山光雲影，又到美麗的小鎮咖啡店去喝咖啡。從山坡上望出去，淡水像是一條優雅的衣帶，往十里紅塵的台北迤邐而去。他開心的陪著我聊天，跟我討論咖啡的品種與產地的問題。我覺得自己又是個幸福的小公主，終於遇上了知心的白馬王子。他看起來曬黑了點，雖然開朗的笑著，但神情中總有一點說不出來的落寞，讓我著迷。

就在我們聊得開心的時候，他的手機又響了，命運的交響曲讓人心驚膽戰。這次咖啡廳中人很多，他找不到安靜的角落，便小聲的回話。我假裝東張西望，不去注意他的談話。但是我還是聽到他的回答：「沒有啊！我才剛出門去買點東西嘛！我又不知道你要打電話來──」他說到一半還是站起身來，乾脆走到餐廳外面去講電話了。

我一晚的好興致都被打消了。他講電話的聲音聽起來像是在說一樁祕密，我無法理解的祕密。

他回座之後臉上有很明顯的不安神色，我便說：「怎麼啦？有事啊？我們回去吧！」

他點點頭便起身離去。在回程的車上，他沉默著，什麼話也不說。最後我忍耐不住，開口說了：「雖然我並不想知道你的私事，不過如果是跟我有關，我還是忍不住想知道眞相。」

他嘆口氣說：「莎賓娜，妳也知道我很欣賞妳的獨立自主，妳的那種堅強是我學不會的。而溫柔是我唯一的生存法則。我就住在離妳家不遠的那棟豪宅裡，我想如果我跟妳一樣堅強獨立，或許我就不會住在那棟屋子裡了。但是，每個月接到信用卡的帳單時，我就很慶幸是她在幫我付款。因爲如果是我自己一個人，可能沒法過著這樣優渥的生活。」

我呆呆的聽著這不可思議的故事，原來他的命運是掌握在別人的手中，而不是在自己的手中。他的優雅動人全都是一種溫柔的包裝。我可以理解他的心情，只是不能原諒自己又一次錯過了愛情的幸福。

心的顏色總是不斷的暈開，因此我要不斷的確定你的感覺，不斷的告訴自己，繼續愛下去的理由。

因為DNA，讓女人總無法逃避母性的驅使。然而愚笨的男人白白浪費女人的母性，只顧著自己的需求，忘了互相滿足才能讓幸福的橋樑不至於崩塌；聰明的男人則懂得何時該亮出肩膀，何時又該故作可愛的在女人脖子與鎖骨間輕輕一吻。

需要和被需要，這兩種感覺的同時滿足才能維繫著感情。

愛情不是一場戲，然而適時的角色扮演：男人與男孩，女人與蘿莉塔，兩人之間展開一段交錯的，似假還真的四角戀情沖淡了老夫老妻的油膩。保持新鮮感的玻尿酸，不一定非得透過收費昂貴的醫美診所，「了解」才是讓兩人能夠心有靈犀的最佳防腐劑。

Story 19

追求痛苦的女人

因為邂逅了如此溫暖的心，
感覺自己也溫柔起來；
因為愛上一個與自己不同的人，
感覺生命又豐富了起來。

微涼的天氣帶給人蕭瑟的感覺。突然之間生活變得如此單調乏味，雖然想要振作起來，但是就像在洶湧大海中泅泳的人一樣，眼看著離岸邊不遠，卻已經沒有力氣再往前進了。

我拖著沉重的步伐來到公司，這天是開月會的日子，雖然是些無聊的例行公事報告，卻也不得不參加。我打算開完會之後就外出，瓊安已經跟我約好要一起吃中飯，我想早一點去客戶那裡提案，再順便去餐廳。

保羅的辦公室門緊鎖著，這幾天又在忙新案子的事，看樣子他已經好幾天沒睡覺的樣子，現在可能正在打瞌睡呢！很奇怪，當我有了戀愛的對象時，辦公室裡的男人都不再能吸引我。可是一旦心情空虛時，連看門的警衛在我眼中都有點帥氣。也許我的生活真的太無聊、太沒有長進了。如果我能真的像那些女強人一樣，不顧一切奮力往前衝，或許我也不會有這種無趣的感覺了吧！問題在如何能奮不顧身的往前衝呢？

這位客戶是精品服飾的負責人，據說是靠老婆娘家的財富才起家的。他一向很有自己的主張，我提出的案子被批評得體無完膚，好不容易解釋半天，才算有了一點點的共識。最後總算談出一個結論，已經到了中午十二點。我匆匆趕到餐廳，瓊安跟薇薇安已經在座了，看到我她們很高興的說：「莎賓娜，好久都找不到妳，怎麼樣？那個白馬騎士還在吧？」

我不安的左右看看，小聲說：「噓！講話不要那麼大聲，我們分手了。」

她倆就像洩了氣了皮球，馬上沒勁了。「哎呀！我們就是要來聽妳的釣金龜婿祕方，怎麼又泡湯了？」

「我哪有什麼祕方呀？我只知道以後看到開賓士車的都要小心一點就對了。」

瓊安接著說：「沒錯！以前我認識一個女孩子，溫柔美麗，偏偏她專門會遇上開賓士車的男孩子。一開始以為自己交了好運，釣到金龜婿了。不久之後就發現這個男人是個大騙子，車子是跟爸爸借的不說，還在這個女孩家中白吃白住，賴著不走，最後還得請警察來才把他趕走。他口口聲聲說是愛她，其實卻是在利用她。」

我沉默下來，還好我的運氣還沒那麼差，月光騎士其實是個很溫柔的男人，只是我不是個女強人而已。

第二天一上班，米雪兒就衝到我座位邊，氣喘吁吁的說：「莎賓娜！剛才幫妳接了個電話，好像是妳昨天去的那家客戶出了點事，總經理換人了，要妳重新去提案的樣子。」

我立刻打個電話過去，果然對方的人員說新總經理上任了，要我立刻重新提案。我再仔細追問了一下，才知道前任的總經理，就是那個意氣風發、老是挑我毛病的男人有了外遇，已經拖了好一陣子，昨天晚上不知道怎麼樣就東窗事發了，出身富家的老婆當機立斷，馬上把房子留給他，自己搬出去。條件是要這個男人立刻辭職，從此離開精品業。而原本一直是千金少奶奶的她只好自己出來承擔重任。

我匆匆準備了一下，就到約定的地點去了。這位新任的女總經理居住在豪華宅邸中。一進門就是一片蔥綠的綠樹，雖然設計得很精巧，但是顯然這些植物都因爲缺乏水分、陽光與空氣，在默默的吶喊著。

優雅的女主人端了一杯咖啡給我，我們就在面向敦化南路的窗景前討論起這次的案子。談到一半，女主人突然問我說：「莎賓娜，妳結婚了嗎？」

「沒有。」我搖搖頭說，「找不到結婚的對象。」

「要結婚或是要單身，好像都是身不由己的事。」她說，「年輕的時候我結過一次婚，但是結婚沒多久，我就立刻想離婚。」

「爲什麼？」

「沒什麼大不了的原因，現在想起來，我覺得自己是在追尋痛苦。因爲我的一生都太幸福了，一點挫折也沒有，我好想要有點悲劇的感覺——」

她突然停頓了一下，眼睛望著窗外，良久不發一語。

我跟著她望向窗外，秋天的落葉已經枯黃，在風中翻滾著。我突然覺得自己也跟她一樣，喜歡追求痛苦與悲劇。幸福或許就在我們垂手可得之處，只是我們永遠背向著它，不肯眞心的接納它。幸福或許很簡單，只不過因爲愛上一個與自己不同的人，感覺生命又豐富了起來。

或許是因為傳世淒美愛情故事讓人感動不已，因而在愛情中，許多人常不覺以悲劇女主角自居，彷彿自己走過的，是最感傷動人的愛情路。但戲不是人生，更非真實，演著演著卻發現轟轟烈烈的悲劇承載著多少的苦與痛，並不是我們想要的愛情。

莫忘所有的戲都會過去，只有真實存在的，才是真正的愛情，無論高潮迭起或細水長流。

Story 20

愛情的條件

曾經愛過一個人，就是一種幸福；
曾經體驗過在迷霧中行走的滋味，就能了解愛情的迷惘；
曾經喪失過愛情美感的人，就懂得如何珍惜那些小小的幸福。

綿密的陰雨天讓我的心情也跟著微微的潮濕起來，或許這是個睡覺的好日子，何況這是星期天的下午，實在讓人找不出發憤圖強的理由。

躺在床上胡思亂想，前幾天認識的那位富家少奶奶的身影又浮現在我的眼前。對許多人來說，戀愛或許只是一種心靈進化的過程，傷害了別人或傷害了自己都是必要之惡。但是，難道這世上就沒有那種美美的戀愛嗎？不要有銳角，不需要懷疑，也不要帶著傷痕，自自然然徜徉在愛情的海洋中，溫柔的邂逅、淡然的分開，只把美好的記憶留下？

或者在愛情中學習包容的藝術，才是聰明的人？那位少奶奶如果睜一隻眼閉一隻眼，或許丈夫還是丈夫，家還是家，甚至過一陣子男人玩膩了，又會回到她身邊也不一定。但是她卻是個追尋完美的人，情願快刀斬亂麻，也不要拖下去。這樣的乾脆俐落，又眞的能找到愛情的幸福嗎？愛情眞的那麼純粹到容不下一點雜質，還是她並不明白愛情的眞諦？

我翻個身，用枕頭埋住了臉，想把一切有關愛情的悲哀或喜悅都遮擋住。這時電話鈴聲響了，是瓊安打來的。

「莎賓娜，不要在家發呆啦！薇薇安發現一個新的據點，妳快點來，有很多帥哥在這裡哦！」

「妳們眞的很無聊耶，我不想去看什麼帥哥啦！在那種熱門地方還不都是些毛頭小夥子，有什麼好玩的？」

「妳再不出來見見世面，就要落伍了。快點來！我們等妳哦！」

我匆匆起身換衣服。這些年過三十的女人雖然並不想當「獵男族」，但是那裡有機會總是逃不過她們的眼睛的。我照著地址找到她們聚會的地點，那是一家lounge bar，所謂的沙發音樂餐廳，裡面的感覺是很舒適放鬆的，大家坐在柔軟的沙發上，聽著異國風味的藍調音樂，恍惚之間似乎忘掉了一切。或許這正是現代人所需要的感覺，柔軟、放鬆、不眞實，沒有負擔，更沒有責任，就像現代的愛情一樣，不要有太多的道理，只需要一種感覺。

瓊安看到我來，悄悄的說：「怎麼樣？沒看到什麼小毛頭吧？告訴妳這是個成人口味的地方，妳絕對不會覺得自己的年齡是個尷尬的話題。」

薇薇安卻笑著說：「莎賓娜是還沒從尷尬的愛情中恢復過來，我們應該幫她想想辦法才行。」

「對呀！莎賓娜，認識妳這麼久，都還沒聽過妳心目中理想的對象是什麼樣子？妳把條件說出來，也許我們可以幫妳想想辦法呀！」米雪兒也跟著起鬨。

我想了一下，也覺得這是個好方法。畢竟，沉浸在失戀的悲哀中只會讓自己看來更衰老，不如拋開失戀的記憶，重新開始，也許會讓自己顯得更青春美麗。

「其實也沒什麼啦！我想，只要一個男人沒有潔癖、怪癖、斷袖之癖，能夠戒菸、戒賭、戒酒、戒色、戒搖頭丸，我就都能接受了。」

「哇！妳這三不五戒，聽起來像是在找一個聖人，不像是在找男朋友。」

「對啊！我知道古代有一個人，柳下惠坐懷不亂，勉強合格吧？」

「別鬧了！可能出家人或神父才能達到這樣的境界吧？現代的男人能夠有一項優點就不錯了，怎麼可能十全十美？」

「這會很難嗎？我既不要求金錢或房產，只是要心靈上的純淨，這也做不到嗎？」

「莎賓娜，妳太天眞了！現代人要的不是心靈，而是物質。就像這種沙發音樂一樣，非常罐裝的感覺，不需要太有眞實感。妳不知道眞實是很粗糙，就像糙米一樣難以下嚥的。好了！妳再重新想想實際點的條件好不好，我去一下洗手間，回頭再告訴我答案。」

瓊安說完離開了座位。剩下我們三人開始品嚐這裡的雞尾酒，同時放鬆的聽著那種沒有個性的音樂。

「這種音樂聽起來沒什麼個性，讓人很想打瞌睡。」

「就是要妳聽了之後放輕鬆啊！也許人就跟音樂一樣，還是不要太有個性的好，太有個性的人給別人壓力很大，也讓人敬而遠之。就像在聽貝多芬的音樂時好像一定要正襟危坐，沒辦法放輕鬆點一樣。」

「咦！瓊安去了那麼久，怎麼回事呀？」

我好奇的四處看看，不遠處瓊安正在跟一個男人搭訕。那個人西裝筆挺的樣子，不像是個無業遊民，也不像是個小白臉型的男人，不禁令人好奇。過了一陣子，瓊安滿面春風的回到座位上，笑著說：「那是個科技公司的老闆，未婚，不錯吧？」

「小心一見面就約妳出去的男人！現在頂著科技公司頭銜的人多得很，不要被騙了。」

「米雪兒，眞不敢相信妳還是有這種老掉牙的想法！人生要及時行樂，有花堪折直須折。」

「妳還有青春啊——」米雪兒嘀咕著說。

那天晚上，我們帶著青春的心情回家。也許這樣的情境餐廳對我們這種過了三十的女人確實有效呢！回家不久，薇薇安突然打電話來，她遲疑的說：「剛才聽妳說到挑選男人的條件，我想起以前一位大學同學，似乎很符合妳的條件，不知道妳想不想認識一下？」

我遲疑了一下說：「好吧——不過大學畢業那麼久了，妳還能找到他嗎？」

「我試試看嘛！」

與其坐而言，不如起而行。也許只有這樣的積極才能眞正的找到屬於自己的愛情吧？我懷抱著希望過了兩天，薇薇安又打電話來了。這次她的口氣更遲疑了，「對不起！莎賓娜，上次跟妳提的那個人，聽說他——現在出家了。」

「出家？」

「他跟妳一樣，眼界很高，千尋覓百尋覓，最後還是看破紅塵，追尋六根清淨的世界了。時機不對，你們兩個錯過了。不然的話他跟妳眞的很合耶，不抽菸、不喝酒、不賭博——」

我忘了薇薇安還說了些什麼。愛情的條件眞的很重要嗎？還是那只是我們不實的幻想？是一吹即破的彩虹泡泡，或者只有曾經喪失過愛情美感的人，才懂得如何珍惜那些小小的幸福？

許多女人會隨身帶一面小鏡子，方便隨時補妝，檢查自己的儀容，但卻常常忘了自己還有一面鏡子，那是放在心靈深處，用來照見清明的鏡子。

有時，社會或男人物化女性，在擇偶時添加很多似是而非的條件，更糟糕的是，這些人還用金錢、地位、身分等表象事物來合理化自己的行為。聰明的女人，拿出心靈的鏡子照照看吧！看看自己是否露出被誘惑的表情，然後再把鏡子端給男人，讓他們看看自己豬哥的嘴臉。當看到彼此醜陋的一面時，妳才能清楚意識到，該補妝的不只是外表，還有內心的道德。

設定擇偶條件沒有不對，但不對的擇偶條件肯定不對；如同內心的醜陋，不是外表的補妝可以遮掩。

Story 21 成人口味的戀愛

跟天空相比，大地更喜歡承受痛苦的感覺；
跟男人相比，女人更喜歡受騙的感覺；
跟現實相比，我更喜歡愛情這種夢幻的感覺。

瓊安說得很對，一成不變的生活容易讓人消沉、衰老，過了一個有點變化的星期假日之後，我的心情果然回復了一些，似乎又能專心的面對工作了。

許久沒聊天的小方突然傳來了電子郵件：「妳好嗎？最近看妳精神委靡不振的樣子，八成是失戀了？」

「既然已經是成人，還會怕失戀的打擊嗎？就像是感冒可能會奪走一個嬰兒的性命，對一個成人來說，卻頂多躺個兩三天就好囉！」

「成人口味的戀愛——呵呵！」

「倒是你跟米雪兒怎麼啦？都沒聽她提起。」

「噓——妳知我知就行了，愈是珍惜的愈不敢冒犯——這是我的心結。」

「才怪！你這才是成人口味的戀愛——明知故犯、虛張聲勢、只做不說或是只說不做……」

「好吧！我承認我有點無聊，可以吧！老闆來了，拜！」

剛要開始工作，電話卻又進來了。瓊安打來的，「莎賓娜，怎麼辦？那個男人約我去喝咖啡耶！」

「什麼男人？哦！妳是說那天晚上跟妳搭訕的男人？那種隨便跟女人搭訕的人可靠嗎？」

「他雖然穿的不是名牌，戴著金邊眼鏡，卻也一表人才的樣子。他還會看手相耶！那天他幫我看了我的前途，他說從今年起我會連發二十年，我聽了好高興啊！」

「搞不好他跟每個女人都講同樣的話。」
「對了，他還是科技新貴呢！可能是從矽谷回來的吧？」
「上次我聽一個朋友說她在pub認識了一個也是什麼號稱科技新貴的老闆，結果跟他去吃一次飯，還被下迷藥，差點昏倒在洗手間，還是一位侍者救了她一命呢！」
「嗯——女人還是要有點矜持才好，第一次打電話來就跟他出去，好像顯得我太不值錢的感覺，算了！還是找個理由推掉吧！」
掛掉電話，我一抬頭就看到保羅在遠遠的瞪著我，顯然是在提醒我工作時間不要講太長的電話。我開始埋頭苦幹，突然明白生活中如果只有工作，沒有戀愛，將是多麼悲慘的世界。
又是一個星期六，瓊安又打電話來。她約了我們幾個到另一家情境餐廳去。她說那是一家新開的店，跟上次的店情調又不同了。我跟米雪兒相約一起去。才一進門就看到瓊安臉色不佳的坐在角落，薇薇安正在安慰她的樣子。
「怎麼啦？發生什麼事了？」

「妳看嘛！」薇薇安指指遠處的一個角落，「那個傢伙又在重施故技了。」

我轉過頭，看到那一堆美女當中站著一個高個子的男人，他握著一個美眉的手，專心的解說著。原來那是他追求女人的伎倆，瓊安覺得自己只不過是被利用的一個棋子，因此很不開心。

「不要管他啦！我看我們去查查那個傢伙的背景好了！搞不好他根本是騙人的。」米雪兒熱心的說。

「對啊！塞翁失馬焉知非福，說不定這才是妳的幸運呢！」

瓊安想想也就開心起來。大夥開始聊起生活的近況與工作的壓力，就在我起身上洗手間時，走過吧台，卻突然看到一個熟悉的身影，那個人的身邊站著一個美麗的女子，兩人正聊得開心。

我的心中一跳，那種感覺不知道是喜還是悲。但是我想上洗手間，還是得裝作很堅強的樣子走過他們身邊。如果能夠不被他們看到，或許就是我的幸運吧？

我才轉過身，就聽到麥可的聲音，「莎賓娜！真巧！我們又碰面了。」

「啊！麥可！你怎麼會在這裡？」

「跟朋友來聊聊天！這是我們公司宣傳部的主任，提娜，這是莎賓娜，我的鄰居。」

一頭長髮的提娜轉過來，笑容滿面的看著我。我很尷尬的說：「嗨！妳好。」

「莎賓娜！我常聽麥可提起妳，你們是鄰居，真巧啊！」

「遠親不如近鄰嘛！」我笑笑說，「抱歉！我要去洗手間，下回再聊了。」

我匆匆逃離了現場，不知道自己怎麼過完那個晚上的。回到家我倒頭就睡，雖然沒有做什麼事，卻覺得自己已經筋疲力竭。也許這就是成人口味的戀愛，還沒有開始就已經結束，還不夠深刻卻已經銘心。

幾天過後，米雪兒告訴我，那個愛算命的科技新貴原來只是個電腦算命專家，打著電腦的名號就變成了科技新貴，其實根本不是什麼真正的科技精英。米雪兒告訴我說：「或許，沒有經過一點包裝，成人很難談戀愛吧？」

或許，跟男人相比，女人更喜歡受騙的感覺。跟現實相比，我更喜歡愛情這種夢幻的感覺。

總有些愛情故事，還沒開始就已迎來結束。往好處想，女人避免了一個錯誤和受傷的可能；但往壞處想，一段蘊藏無限可能的愛情就此錯過，怎不令人惋惜。愛情中有著無限的想像存在，也因為想像，讓愛情無論幾歲開始都充滿了甜蜜。然而歷經世事的女人明白，戀情總是在猶豫與行動之前悄然萌芽；一段沒有結果的戀愛，仍舊可以是一段甜蜜的戀愛。雖然現實有可能讓幻想破滅，但也唯有現實，能讓美夢成真。

Story 22

一個人的快樂

從窗口飄來了霧，
稀薄的面紗纏繞著，
像夢幻中的你我。
一種好久未曾出現，
不想醒來的心情。

下午的天氣還很晴朗，遠處的山巒卻蒙上了一層霧氣，像是在開朗之中帶著一點憂鬱心情的女人。到了四五點，天氣突然轉變了，灰濛濛的天空中颳起沙塵，讓暮色更深沉。

走在人人行色匆匆的街頭，我看到許多上班族的女子穿著黑色的套裝，穿梭在人潮與車陣之間。從她們的臉上依稀看到自己的影子：我們都有過失敗的愛情，也都明白男人並不是像我們想像中那樣堅強獨立，值得崇拜。突然我想到瓊安說過：「男人都很好色，又有動物性，連娶越南新娘都要挑處女，還要掛保證，一年不合意還可以退貨，簡直是毫無靈性。」想到她，我忍不住撥了個電話給她，瓊安接電話的聲音聽起來很遙遠。

「妳在哪裡呀？聽起來好像在游泳一樣。」

「沒錯！我在洗ＳＰＡ！要不要來？很有意思的。薇薇安也在！妳快來！我打電話叫米雪兒也來。」

我按照地址來到一棟高級的大廈，這是一個專門爲現代仕女設計的高級ＳＰＡ，強調心靈放鬆療法，室內充滿了綠蔭及水聲，像是一個心靈的世外桃源。因爲是針對高級客層，這裡的人並不多，每個人都可以悠閒的徜徉其間。各種各樣專門針對足部、背部等等設計的水柱，讓每個人都能享受到沖水柱消除疲勞的功效。

除了泡澡、三溫暖、按摩之外，還有一種芳香療法，讓人從心靈到肉體都能充分的放鬆下來。在溫柔的香氛與暖水之中，米雪兒突然低聲叫道：「快看！那個女人的身材一流的！搞不好是什麼名模呢！」

我們都順著她的眼光看去，果然在沖洗背部的水柱之下，站著一個妙齡的女子，高聳傲人的胸部搭配上細緻的腰身與臀部，讓我們幾個超齡的青春女子全都相形見絀，覺得自己不是胸部太平，就是腹部贅肉太多。每個人都有點不安的往水底深處潛下去一點。

享受完各種療程之後，還有養生滋補的生機飲食湯，雖然讓人從心靈與身體都滋潤起來，但洗過ＳＰＡ之後，每個人都胃口大開，那些清心寡慾的蔬果實在無法讓人有滿足感，最後在穿衣服時，薇薇安提議說：「我們去吃麻辣鍋怎麼樣？」

「不要啦！我們才剛做過身心靈的沐浴，就要吃那些油膩膩的東西，不太好吧？」米雪兒抗議。

「那我們去吃燒烤加日式陶鍋，怎麼樣？」瓊安提議。

「好啊！有一家新開的店，還限時一個半小時用餐，去晚了就沒位子了！」薇薇安附和著。

我們來到這家位在東區的店面，幾個人吃著燒烤，喝著日本清酒，忍不住發起牢騷。

「愛情像霧又像花，男人像狼又像狗！」瓊安喝了口酒，順口說了一句打油詩般的句子。

我和米雪兒笑成了一團，「瓊安，妳在說什麼狗跟狼的呀？」

「妳們不知道嗎？大部分的男人都很好色，又很自私，追求妳的時候百般溫柔，到手之後卻又高唱一個人的快樂，他們既孤獨又自傲，認爲一個人最快樂！」

「但是也有些新好男人不像這樣吧？」我疑惑的問。

「哎呀！資質好一點的男人也不過是訓練有素的狗，爲了討女人歡心，假裝可愛，假裝聽話、裝乖，其實是想隱藏心中的貪婪與好色。」

「如果男人像狗，」薇薇安若有所思的說，「那就需要訓練。」

「別忘了！狗改不了吃屎！」瓊安大笑著說。

「就算男人是狗，只要可以訓練，成爲一條好狗，不也很好嗎？」米雪兒天眞的說。

「對啊！」瓊安突然轉了話題，「莎賓娜！其實我們最羨慕妳了。妳身邊起碼總有一兩個可以訓練的對象，保羅或是麥可不都是可造之才？幹嘛不努力一點呢？」

我沉默下來。保羅與麥可的形象出現在我心中。麥可像是一頭表面溫順卻不可馴服的野狼，保羅雖然有點好色，卻似乎是可以訓練的狗，或許他是適當的人選，只是我從沒用這樣的角度來思考過。我只想告訴他們：

「我沒有像自己想像中堅強，也沒有像你們想像中虛僞。我只是想要過著眞實的日子，擁有眞實的戀愛。」

談戀愛的過程就像是前往山裡尋幽訪勝，剛開始走入林中，任何景物都充滿了好奇心，隨著撥雲見霧看到更完整的山林樣貌後，一切都開始確定了，但新鮮感也隨之消散，這時候，真實的生活才正在開始。

別說男人總是在追求時百般討好，等到交往後就少了貼心，女人又何嘗不是呢？但真實的生活正是如此，當少了激情與衝動時，妳依然能感受到跟這個人在一起的每個當下是快樂的，能握在手中的幸福，一點都不微小。

Story 23

結婚喜帖的解讀

金黃中帶點燃燒的火紅，
讓我總是忍不住像孩子般，
收藏著落葉，
收藏著愛情。

週末的東區比平時更五光十色。我走在人潮之中，心中卻胡思亂想著。上個星期聽了好友們的勸慰之後，突然覺得自己的生活中充滿了希望。就像瓊安說的：「妳身邊還不乏追求者，大家羨慕都來不及了，妳不想辦法把握，還在那裡三心兩意？小心到口的肥肉給飛了！」

的確，只要願意尋找，就能在生活中找到希望。不論是麥可或保羅，畢竟都是有優點的男人，尤其是保羅，比較起來他更體貼也更溫柔，或許我是該加把勁，不要讓幸福的機會就這樣溜走了。

轉過街角，突然看到前方的百貨公司外牆垂著長長的紅布條，上面寫著週年慶大血拚等等字樣。身邊冒出幾個行色匆匆的女子，只聽到她們嘰嘰喳喳的說：「週年慶打七折耶！快去看看化妝品有沒有特別的贈品！」我茫然的跟著她們擠進了百貨公司，心想：「就去看看保養品有沒有打折吧！」

或許每個超過三十歲的女人都有危機意識，化妝品專櫃前面擠滿了人潮。夾雜在人群之中，我聽到專櫃小姐聲嘶力竭的說明著：「這種保養品能消除臉上的皺紋，讓妳看起來年輕十歲。」仔細一看，她面前站著一位歐巴桑，臉上已經被塗得滿臉的化妝保養品，看不出有沒有皺紋了。我跟著人潮開始搶購平時捨不得買的上萬元保養品，拿出信用卡來刷刷刷！畢竟，女人的青春有限，如果不趁年華猶在的時候保養，還要等到何時？

因此，經過一夜的好眠與高級保養品的保養，星期一的早晨，我比平時更精神抖擻的去上班。到了辦公室，我開始注意保羅的行蹤。平時我不把他當一回事時，根本沒注意到他有多受歡迎。現在仔細一觀察，才發現辦公室中還是有很多女人在虎視眈眈。

先不說琳達，光說他那位祕書吧！每天穿得花枝招展的來上班，臉上的妝濃得像是塗牆壁一樣。說不出她是忠心耿耿，還是想把保羅據爲己有，總之每次去找保羅的人都會被她擋駕，不然就是要看她臉色。除此之外，隔壁部門的女主管也是有事沒事就來找他，好像保羅是個多偉大的天才，什麼疑難雜症都知道一樣。而且每次她來的時候總會飄過來一陣濃郁的香水味，鄰座的小方總會有點惡毒的說：「那個賣香水的又來了！」

保羅的辦公室有一扇窗戶，從外面很容易看到他的行動。這一天不知道爲什麼，我總覺得他有點心神不寧的樣子。或許是我自己太敏感了，我總是看到他手中拿著一份紅色的文件看看又放下來，然後又轉頭四處看看。不知道爲什麼，我總是感覺到他的眼神朝我的身邊飄過。我有點心慌意亂，心想：「難道今天我的眼角出現了魚尾紋嗎？還是年紀大了，顯得有點虛胖？或是妝不對？」想想女人要討好男人眞不容易，不但要過五關斬六將，還要抽脂減肥、美容保養，眞是不簡單呢！想想又有點灰心，我眞的能如此力爭上游，在萬紫千紅之中搶到一個眞命天子嗎？

到了下午，保羅外出開會，趁他的祕書上洗手間的機會，我拿了一件公文到他的辦公室裡。果然桌上放了一份紅色的文件，卻是一份喜帖，喜帖上的新人婚紗照柔美動人，新娘一臉燦爛的笑容更是說明了「幸福」這兩個字。

「莎賓娜，妳要找保羅啊？」一個高八度的女聲突然驚醒了我。

原來是那位祕書小姐回來了。「哦！這是他要我趕的企劃案，我已經寫好了，想趕快給他看一下。他不在，那就交給妳了！」

我匆匆離開他的辦公室，帶著一團的好奇與疑問。直到下班時間，我還沒做完今天的工作，或許是白天分心了，看樣子不加班不行。正在埋頭苦幹時，桌上的分機響了。卻是保羅打來的，他簡短的說：「莎賓娜，到我辦公室來一下。」

我走進去，保羅拿著喜帖，臉上是有點靦腆的笑容。「這是我大學同學的喜帖，我想找個伴去吃喜酒，妳願意跟我一起去嗎？」

「這樣——方便嗎？」我有點遲疑的問。

「沒問題。我們下週六一起去吧！」

他說完就埋首工作中，似乎完全忘了我的存在。我暈陶陶的走回自己的座位。一個男人找妳去參加大學同學的喜宴，是否暗示著他已經將妳視爲對象，一個可以帶得出場的情人、一個可以公諸於世的愛人？我的心中原本以為這段戀情就要終止了，現在突然因為一場婚禮，一切都改變了。望望窗外，已經黃昏的天空，突然像是旭日東升一般，夕陽的餘暉照亮了天際，連最遙遠的角落都充滿了美麗的霞光。

這天晚上我泡了一個花草浴才入睡。在夢中我見到了保羅，他牽著我的手，我們一起步上了撒落著玫瑰花瓣的紅毯。第二天早晨醒來時，雖然以為自己早已脫離青春的心情，但是那種莫名的惆悵卻不時會浮現心中。

人都害怕受傷害，曖昧就像一場世紀之爭的前哨站，彼此刺探敵情，同時又估量該釋放多少善意。撇開承諾，當兩個人間有曖昧，其實就是戀愛進行式。愛情就像交際舞，兩個人的舞步和姿態本就不同，但感受對方肢體動作的細微而能產生的和諧舞步，讓兩人能跳得舒適開心。曖昧的功用，不也是如此。結束曖昧，要的往往是一份安心感，但無論是否公開，止於曖昧並不意味著彼此間沒有談過戀愛，只是這段戀情可能不適合走下去，但只要兩人都尊重這樣的結果，過程也沒有不悅，那是否結束曖昧，又有何干。

Story 24

他的溫柔我的胸膛

有一種傷口，
像海洋般不斷的沉浮在心裡；
有一種愛情，
日日夜夜，
無法止息。

知道我要陪保羅參加婚禮，幾個朋友比我還要興奮。瓊安已經打了好幾次的電話，問我到底知不知道保羅那位結婚的朋友是男的還是女的。她在電話中說：「莎賓娜，妳要知道，他的同學如果是男的，情況就不同了。」

「什麼意思？」我丈二金剛摸不著頭腦。

「如果是男的，表示他覺得妳是個帶得出場的女友，是個想要交往的對象。萬一他同學是個女的──」
「女的怎麼樣？」
「如果是個女人的話，就表示他心中有鬼，他想找妳去跟對方別別苗頭！說不定那是他以前的女朋友呢！」
「說得也是，等我有空去問問他看。」
我掛斷了電話，心裡開始七上八下的不安起來。很想找個時間問問保羅，到底他的朋友是新娘還是新郎，但是這幾天剛好有外國客戶到公司來，保羅忙著接待，根本不在辦公室裡。而我忙著準備參加喜宴的事，也就暫時把這個疑問擱在一邊了。
陪一個心儀的男人去參加婚禮，到底要如何打扮呢？我問了米雪兒，她還上網幫我找了一些資料。她說：「首先，妳要減肥！不然小腹突出，再漂亮的衣服穿起來都不會好看的！」
我想想也對，下班之後就到住家附近的公園連跑兩圈。遠遠的我看到麥可在林間漫步，我朝他揮揮手。他咧嘴笑了，似乎很開心的樣子。但是現在的我心中已經充滿了保羅的身影，再也沒空研究這個有心靈潔癖的男人了。

第二天開始，我厲行減肥計劃。早餐不吃，中午只吃沙拉，晚餐喝一點湯跟麵包。儘管餓得頭昏腦脹，但是晚上到一家高級精品店選衣服時，發現自己的腰身還是太粗，竟然穿不下去。立刻下定決心再堅持下去，無論如何都要能穿上那件小禮服不可！

到了喜宴的前兩天，保羅突然找我去吃晚餐。我實在不好意思說我在減肥，也只好跟著去了。在餐廳中，保羅點了牛排全餐，我卻只點了一杯咖啡——還是黑咖啡呢！

「咦？妳不是喜歡吃牛排嗎？爲什麼只點咖啡？」

「哦！我今天中午才剛吃過一客牛排，現在撐得要命，想喝杯咖啡消化一下。」

保羅不再多說，自顧自的吃著牛排。我看著他盤中粉嫩色的牛排，只覺得口水直流。最後保羅欲言又止的說：「莎賓娜！謝謝妳陪我參加這個婚禮，很可惜妳今天肚子不餓，下次我們再找一家牛排館大吃一頓好了！」

我苦笑了一下，爲了保持清醒，連忙跟他說：「好啊！我們下次再約。

對了！我訂了一件衣服，再不去拿就要關門了。我先走一步啦！」

我匆匆離開現場，以免減肥之戰功敗垂成。趕到精品店，果然兩週減肥計劃成功，小蠻腰終於可以塞進那件美麗的小禮服了！我拿著禮服下樓，那是樓中樓的建築，迴旋的樓梯加上我一天未進食，一個頭昏眼花，就不知不覺摔倒在地，右腳被欄杆勾住，扭曲變形腫起來了。

店家幫我叫了計程車，送我到醫院去。看到自己的腳傷，我忍不住大哭起來。護士小姐說：「小姐，妳不要哭嘛！兩三個星期就會好的，不會有外傷的！」

「妳不懂！我不能去參加婚禮了！」

在病房中，我跟保羅打了電話。他很遺憾的說：「怎麼辦？妳想公司中還會有誰能陪我去參加婚禮？」

我心中頗不是滋味。我為了他受傷，他卻只關心自己沒有人陪著參加婚禮！他又自顧自的說：「這樣好了！我找祕書陪我去好了！妳好好休息幾天，我明天來看妳！」

保羅掛斷了電話。我的心情也跌到了谷底。在醫生的建議下，我決定住院幾天，讓自己徹底的休息一下。喜宴的第二天，週日下午，保羅帶著一束鮮花出現在病房中。保羅帶著歉意說：「莎賓娜！眞的不好意思讓妳這樣辛苦。」

「昨天的婚禮怎麼了？還順利嗎？」

「妳知道原先我找妳參加婚禮，是爲了掩飾我心中的痛苦！」保羅開始傾訴著，「新娘是我以前的女朋友。」

原來這是保羅的初戀情人。兩人交往了一陣子之後，她竟然跟別的男人上床，還懷了孩子。保羅表示願意接納她跟那個孩子，不但要娶她，還願意當孩子的爸爸。誰知道他仁至義盡，女方卻還是拒絕了他。他只好黯然離開。沒想到現在她竟然結婚了，新郎當然不是他！

保羅感慨的說：「女人心海底針！我一點也不了解女人。受到這次打擊之後，我總是有點怕跟女人深入的交往。我很怕自己又會遭到同樣的悲劇。」

保羅坐在床沿，眼眶中含著淚水，向我傾訴心中的酸苦。我情不自禁的拍拍他的手，他彎下腰輕輕摟住了我。這時門突然打開來，護士小姐要進來量體溫，我朝她揮揮手，將她打發走了。

保羅沒有注意到護士進來，兀自沉浸在悲哀的氛圍中。我心中有一種感動的快樂，或許這樣的擁抱就是一種幸福吧！突然，保羅從我的胸前抬起頭來說：「咦？我怎麼聞到滷味的八角味道？妳是不是有吃什麼滷味？」

「沒有啊？我什麼也沒吃！」

「哼！我最討厭滷味的味道了！」他好像突然清醒過來，「妳好好休養，我明天再來看妳！」

保羅離開之後，我開始到處翻找，看看到底是什麼東西在作怪。果然床頭放了一包東西，打開來竟是一包滷味。原來早上保羅的祕書來過，打了個招呼就走了。她留下一包東西給我吃，但我沒胃口，也就沒注意到是什麼東西。女人心眞的是海底針，她明明知道保羅討厭滷味，偏偏送滷味過來，分明是想整人！手段眞是太惡毒了！

想想這場愛情仗打得還眞艱苦，減肥吃苦不說，又扭傷腳，現在還有女人在一旁虎視眈眈，眞不容易！但是保羅跟我訴說心中的苦楚，到底是把我當成哥們，把我當成聊天吐嘈的對象呢？還是眞的把我當成紅顏知己的異性伴侶？我突然感覺到能夠和自己喜歡的人手牽著手走在街頭，就是一種天長地久；能夠像風一樣自由的戀愛，就是一種了悟。

人都有需要與被需要兩種特質，有的人前者強一些，有的人後者多一些，但沒有人是光滿足其中一者就能幸福過日子。

我們知道母性是女人的天性，但是其實男人內在也有母性因子，只是有時女人太認真而徹底的發揮母性，以至於讓男人的母性失去磨練的機會。

欠缺磨練的男人就像不用捕獵動物的獅子，茶來伸手飯來張口的日子很容易養成驕縱的性格，以至於一旦女人需要被關懷時，這個男人很可能已經忘了關懷要如何做。

幫助男人和自己一起面對與養成需要與被需要特質的完美，無疑是愛情裡的一項功課。

Story 25

愛情的危險訊號

碰觸到皮膚的，
是微涼的空氣；
碰觸到心情的，
是你那比空氣還要縹緲
的眼神。

上班的途中，我的腦海中一直縈繞著瓊安的話：「如果一個男人對妳傾吐心事，覺得跟妳在一起很有安全感，那就是一個危險訊號。但是，危機也就是轉機。這時候妳要下決定，決定作他的知己，還是愛人；決心當他的哥們，還是女人。」

昨晚碰面時，瓊安以一副愛情專家的表情對著我說了一堆大道理。她強調說碰到像保羅這種邀請女同事陪他參加婚禮，又向她傾訴心事的行爲，女人就要懂得當機立斷，做出抉擇。換句話說，就是要跨越邊界地帶，如果成功，兩人變成男女朋友，自然是皆大歡喜。就算失敗了，大不了換個工作，出國或從此不再見面，離開現場就行了。

想想實在有道理，我決定從今天開始一定要好好表現一下，努力工作，讓他對我刮目相看，以贏得他的讚賞！

誰知道我默默努力了一兩個星期，每天加班、趕案子，保羅卻一樣無動於衷的樣子。下班之後，他也不來跟我打招呼，逕自離開了辦公室。看著他揚長而去的身影，我想可能是自己努力不夠，算了！還是繼續工作吧！一天加班到九點，米雪兒看我還不走，便過來跟我聊天。她笑著說：「莎賓娜！我看妳是在愚公移山，什麼時候才能成功啊？」

「愚公移山？什麼意思？」

米雪兒指指保羅的辦公室說：「妳用的是最笨的方法！讓自己表現得很能幹的樣子，不把男人嚇跑才怪！」

我站起身來，開始收拾東西。突然之間，我對自己的行爲充滿了疑惑。米雪兒跟著我下了樓，她繼續說著：「妳不知道男人最討厭女強人嗎？如果妳不會使壞，就要裝可憐！問題是妳兩個都不會，只會埋頭努力工作，誰要理妳啊！」

想想也對，難道我就要這樣終老一生，無人憐愛了嗎？我的心情跌到了谷底，對工作也沒有了熱忱。但是接下來的一個星期又特別的忙碌，我連一點空閒的時間都沒有，更別提使壞或裝可憐了。或許像我這樣的女人只適合作工作的奴隸，沒有別的人生希望了吧？

這天要下班的時候，我仍然在埋頭苦幹，想趕快把保羅明天要的一份報告趕出來。這時保羅卻從辦公室中走出來了，他看我低著頭工作的樣子，就叫祕書去幫我買了便當回來。

當那位渾身灑滿香水，踩著高跟鞋的女人出現在我身邊時，我才知道是保羅送來的便當。我匆匆的說了聲：「謝謝！」

那位祕書卻含糊的應了一聲，我抬起頭來，看到她眼中不屑的神情，突然開始懷疑她會不會在便當中下毒？當然，這是我在胡思亂想。我還是打開便當吃了一點，只是今天的胃口不太好，沒吃兩口就擱下來不想吃了。我拿起桌上的杯子把水喝完，便打算起身去倒水。

誰知道走了沒幾步路，我一陣頭暈目眩，手中的玻璃杯就摔到地上，碎成一片片。響聲驚動了大家，我正要彎下腰撿玻璃碎片，保羅卻突然出現在我面前，在衆目睽睽之下摟住我說：「莎賓娜！不要撿了！玻璃很危險的！我看妳還是回家休息一下好了！」

他說著仍然緊緊摟著我不放，然後轉過頭去對米雪兒說：「米雪兒！妳送莎賓娜回家一下！我怕她一個人走不了！」

米雪兒點點頭，幫我收拾一下桌上的東西，便拎著包包扶著我下樓了。才剛出了辦公室門，我就呻吟著說：「等一下！我想上洗手間！」

我衝到洗手間，大吐了一陣子才回過神來。再見到米雪兒時，她的臉上卻多了一點神祕的笑容。我沒有心情問她爲什麼笑？難道別人生病是好笑的事嗎？在計程車上，米雪兒卻主動說了：「莎賓娜！妳實在太笨了！我們都看不下去了。是瓊安要我在妳杯中下藥的！」

「下藥？什麼藥？」

「瀉藥啊！」米雪兒一臉無辜的樣子說：「她說再不阻止妳一下，妳眞的要成了工作的奴隸、愛情的烈士了。」

「天啊！這就是所謂的好朋友嗎？」我啼笑皆非的說。

星期天的下午，我昏睡了一整天，剛剛起床。在鏡中，我的頭髮亂成一團，臉色像鹹菜瓜，整個人都沒有了朝氣。想想這幾個星期來無休無止的工作，除了讓自己病倒之外，什麼好處也沒有，眞是不值得！我拿起梳子，剛想梳頭，門鈴卻叮咚的響起。

打開門，保羅穿著休閒服，手上提著大包小包的出現在我門口。我結結巴巴說不出話來，保羅看看我卻笑了。他說：「莎賓娜！妳這樣就對了！好好在家裡休息，妳眞的很需要人照顧啊！」

我在他身後扮個鬼臉。原來男人要看到妳落魄不堪的樣子才會憐香惜玉，女強人都是些笨蛋，妳要表現得肩不能扛，手不能提的樣子，他們才會挺身救美！

「我買了一些東西，我來煲湯給妳喝。圍裙在哪裡？」保羅興致勃勃的說。

我把圍裙拿給他，自己在客廳看起電視來。這時門鈴突然又響了，我還是沒機會梳頭就匆匆去開門了。門外站著麥可，臉上仍然是不可思議的笑容。

「莎賓娜！我去花市幫妳買了一點花，想到妳也喜歡就送過來了！」麥可說著露出疑惑的表情。我轉過頭，剛好看到保羅穿著圍裙走出廚房。保羅看到麥可，尷尬的笑了笑，卻仍然很大方的說：「麥可！好久不見！莎賓娜生病了，我來幫她煲湯。要不要進來坐坐？」

麥可的眼神中流露出一點奇異的神色，他匆匆回道：「不了！你忙吧！我只是來跟莎賓娜打聲招呼，我先走了！」

我心中百味雜陳的送麥可離開。保羅轉身回到廚房，過了一下又出來，宣稱說：「好！兩小時後妳就可以喝我煲的湯了。我們來看看電視吧！」

我打開電視，螢光幕上正好是李察吉爾與茱莉亞羅伯茲在《麻雀變鳳凰》中親熱的鏡頭。我覺得一陣臉紅心跳，心想還是轉台好了。我想站起身來找轉台器，保羅卻伸手拉住了我，不讓我離開座位。

他就在我的身邊，我可以感覺到他的體溫。與他溫熱的身體碰觸，雖然不確定那是不是愛，卻是最眞實的幸福感覺。那些曾經以爲遺忘了的感覺，每到微寒的天氣依然回到心頭。或許身體的互相取暖，能幫助彼此遺忘與紓解吧！我聽到爐上的煲湯在滾滾作響，就像我心中的歡呼：我終於越過邊界地帶了！

我們都說女人要活得有獨立自主，但有些女人誤以為獨立自主就是要活得像是一位荒島中也能生存的女版魯賓遜。

但人都需要與他人互動，從而在關係中建立自信並滿足愛的渴望，因此，一個真正獨立自主的女人，能夠在事業、愛情、健康三個最重要的生活層面各自經營出好成績，並取得平衡；在脆弱時真誠的告訴男人自己需要幫助，這也是一種愛的表現，那是對伴侶的信任，而被信任的一方才能有機會以行動表達自己的關愛。

就大聲說出自己的需要吧，只要妳和他是彼此信任。

Story 26

祕密的期限

簾幕外是一地閃爍的陽光，
驟然而來的腳步聲，
讓我遲疑著，
心跳著。

星期日早晨剛醒來，就覺得有些宿醉的噁心感。昨天晚上瓊安等人爲我開了一個小小的派對，不過喝了幾杯香檳酒，竟然就頭昏到現在。

我又躺回床上，想起瓊安昨天說的話。「今天是爲了莎賓娜成功越過邊界才開的小小慶祝會！乾杯！」

我有點尷尬的拿起酒杯說：「喂！妳不要太誇張好不好？我只不過交了一個普通的男朋友而已……」

「普通？」瓊安誇張的說，「不對！不對！現代的女人只要能交到男朋友，就不算普通。所謂普通，就是沒有男朋友才算正常！」

薇薇安笑著說：「瓊安一定是喝醉了！」

「別笑！」瓊安對著她說，「妳不是又跟那個公車司機重新開始了嗎？如果一個普通的男朋友這麼好找，爲什麼妳找不到，還要吃回頭草？」

「我沒辦法啊！」薇薇安一臉無辜的樣子說，「我已經試了很多方法都無效，最後是他先打電話給我的，我想彼此的情分既然還在，再續前緣也無妨吧！」

「妳呢？」瓊安又轉向米雪兒，「聽說妳和那個小方——眞的來電了嗎？」

米雪兒在朦朧的燈光下仍然禁不住臉紅了。「哎呀！我們才眞的是普通朋友。小方說要先從做朋友開始，愈慢進展到男女關係愈好。」

「喝！開口閉口小方說什麼的，看起來你們之間還眞的不普通呢！」

「瓊安！」我插嘴問道，「妳上次認識的那位中年男子怎麼樣了？還在交往嗎？」

「和有家有室的中年男子交往會有希望嗎？」瓊安甩甩頭說，「我又有新的對象了！」

瓊安永遠是我們艷羨的對象。絕不會爲了逝去的戀情而徘徊哭泣，永遠在尋找最亮眼的那顆星星。至於我們，不是對自己沒有信心，就是覺得星星離我們太遠，結果只能躲在黑暗的角落，暗自神傷。

才在胡思亂想，手機突然響起。我匆匆接起電話，是保羅打來的。「妳在家哦！我五分鐘就到！」

他說完就掛斷電話了。我跳起來，立刻衝進浴室洗了個戰鬥澡，衝出來穿好衣服，門鈴就響了。保羅站在門口，手上拎著一包超市的袋子，笑著說：「我剛去買了點東西，想跟妳一起做午餐吃。」

「午餐？現在幾點了？」我嚇了一跳，不是才剛起床，就已經要吃午餐了？

「已經快一點了！」保羅笑著打開袋子，拿出裡面的牛排、洋蔥、紅酒等等，開始下廚。我在客廳中收拾東西，心想保羅其實還是個很注重生活情趣的人呢！想一想又覺得自己其實一點也不了解保羅。就像瓊安說的：

「過去的戀愛雙方就像是偵探一樣，一定要抽絲剝繭，經過爸媽親友拷問過後才能送入洞房。現代人卻是要先坦誠相見之後，才會認眞的開始去認識對方，看看對方到底適不適合妳。」

一點也沒錯！有時候我一覺醒來，看到身邊躺著的保羅，都會覺得好陌生。心中免不了會想：「雖然我們同事過一段時間，但爲什麼我跟他在一起，仍然會有陌生的感覺？」

剛開始時，我們總是在沙發上親熱，有一次不小心保羅滾到地上，頭撞到了咖啡桌的一角，雖然沒什麼大礙，但這卻是藉口，讓我們把戰場移到了臥室。其實我只有一張單人床，兩個人勉強擠在一起，倒是別有一番親密的滋味。有一天不知是榫子鬆了或是兩個人的動作太誇張，單人床突然垮了下來。保羅就說：「妳該買一張雙人床了！」

我突然脫口而出：「你的床是單人床還是雙人床？」

保羅遲疑了一下，慢慢說道：「雙人床。」

那天我們沒再討論這個話題，但是我開始好奇，爲什麼都是他到我家來，不是我去他家？總有一天，我要去他家看看那張雙人床。讓一個情人到妳的家中，表示著開誠布公的訊息。保羅從不約我到他家，而且他有一張雙人床，是不是表示著他的心中有一個見不得人的黑洞？

保羅做好一桌的飯菜之後，我們坐下來品嚐。我突然問道：「保羅！我都沒去過你家，下次到你家煮東西好不好？」

有那麼一剎那，我看到保羅的表情很僵硬。他支吾了一下然後說：「好吧！下星期找一天來吧！」

或許他知道我為什麼會突然提出這樣的要求，或許他也不想再隱瞞什麼祕密了。祕密是有期限的，過期的祕密就沒有保存的必要了。保羅離開之後，我打電話給瓊安，興奮的告訴她我要去保羅家的事，她卻冷冷的說：「哼！搞不好那是他跟前任女友同居之處，就算男人收拾得再好，妳也一定會看到一點痕跡的。」

星期三的下班時分，剛好工作到一個段落，我就悄悄收拾好東西，準備先開溜。辦公室戀情的麻煩就在不方便讓同事知道，最好能悄悄行事，才不會讓一堆三姑六婆破壞好事。

我們約好了在不遠處的一家超商地下室見面。如果有人碰到也像是不期而遇罷了。買好東西之後，保羅開車送我到他家。一進門他就匆匆把一個相框收起來，嘴裡喃喃說著：「家裡很亂，昨天本來要收拾一下的，結果太晚了就睡著了。」

我自在的到處閒逛，想找到另一個女人的痕跡。果然在臥室中看到一個梳妝台，上面還擺了幾瓶香水。我故意誇張的問道：「保羅，我不知道妳喜歡這種巴黎香水啊？」

保羅不好意思的拿出一個垃圾袋，把幾瓶香水都扔進袋中，然後拉著我躺在床上說：「不瞞妳說，我跟以前的女友在這裡同居過一段時間。我常常躺在床上看她梳頭的背影，到現在仍然印象深刻。因此我一直很不想回家，怕自己會想跟她破鏡重圓。」

保羅說著站起身，把垃圾袋拿出房門，口中說著：「我把這些東西拿去扔了！早該扔了！」

我怔怔的看著他的背影，知道自己已經闖入這個男人心中的黑洞了，我是不是該繼續探險下去，還是該就此打住？或者，歷遍人間滄桑之後，如果能保留住那美麗的初心，就是幸福。

愛情的美妙，讓每個人都渴望永遠沉浸其中。然而，當一段感情消逝後，要再走入另一段感情中卻不是如此容易。愛情的更替，就如同搬家般，重新進入一個空間，然後熟悉它；但搬離感情不只是帶著原來的東西換個空間，在準備搬家的過程，我們除了準備一口箱子，還需要一只垃圾袋。

當我們看見在城市的另一方有更好的人在等待時別急著走過去，先將前一位戀人形影不離的信、簡訊與回憶清理乾淨吧！然後，帶著自由的心，給對的人與自己好好再愛一回的空間。

Story 27

愛情記號

巧克力的香氣停留在你用過的
淡藍色紙巾上，
我不知道該扔掉，
還是該收藏起來。

雖然是蕭瑟的冬天，我的心情卻是如此的輕快。走在灰濛濛的天空下，卻覺得正是最好的日子。

愛情也是有季節的吧？我在心中悄悄猜測著。在我的世界中，這是愛情的春季，或許連大自然也得退讓三步吧？

自從開始到保羅家約會之後，我覺得自己像是擁有了一項祕密的戰利品，連走路都有風一樣。不過在品嘗勝利的果實之餘，我的心中還是有些隱約的不安，好像這一切都只是愛情在搬演的季節，並不屬於人生眞實的四季。

曾經我幻想過在心愛的男人身邊醒來時，會是多麼美妙的感覺，但是這天早上我在保羅身邊醒來時，卻做了一個噩夢，夢中的情景都如此熟悉，同樣的房舍、同樣的草地、同樣的氣味，卻空無一人。我很想找到曾經認識的人，但卻只有一張張陌生的臉孔。

然後我聽到保羅離開床鋪的聲音，於是我掙扎著醒來。保羅進了浴室，而我躺在一張另一個女人曾經睡過的床上。突然之間，我跳起身來，開始在房間裡團團轉。我聽說過，在愛情之中有些人喜歡做記號，也許是在臀部刻上一條龍的刺青，也許是故意在對方的家裡留下無法磨滅的印痕。直覺告訴我，保羅的前任女友也一定留下了記號。

我打開衣櫃，東翻西找，看到在最角落的地方有一個黑色的小盒子。打開來看，竟然是一件黑色蕾絲內衣，簡單高雅的線條與材質，看得出來是名牌精品。這不可能是保羅的東西，那就一定是過去的記號。

正在想如何處理這個記號時，我聽到浴室的門響了。連忙將盒子塞回原處，假裝在找可以借穿的睡衣。

「莎賓娜！妳醒啦？」保羅開心的說。「我以為妳要睡到中午呢！」

「我要先洗個澡，」我有點慌亂的說，匆匆進了浴室。雖然我們已經是親密的情人，但我還是很不想讓他看到我一臉髒亂的樣子。

在浴室中，我這個大偵探忍不住又開始搜尋起來。果然在角落裡，我找到一個銀色的耳環，洗手台上方的玻璃櫃裡還擺著一根唇膏，旁邊還有一個粉紅色的漱口杯與牙刷。突然之間，我的忍耐到了極限。我拿著牙刷跟漱口杯衝出浴室，對著一臉愕然的保羅說：「這些東西也該扔了吧？」

保羅一臉尷尬的說：「該扔該扔！」他說著去拿了塑膠袋，把兩樣東西都扔進去了。保羅的行為像是一種宣告，證明我才是這間屋子的正牌女主角。

我又回浴室梳洗，心中充滿了勝利與滿足感。洗完澡後，我的勝利感又消失了一點，又覺得這個屋中還是怪怪的，我還是得把一些過去的記號清除掉才行。

這一回我看上了梳妝台，立刻向保羅挑釁的說：「你這個梳妝台也太誇張了吧！哪有男人用這種梳妝台的？」

保羅搔搔頭說：「這個——這是一張老古董桌——她奶奶送給她的。我怕萬一扔了，有一天她來要怎麼辦？」

「那你趁早跟她聯絡，叫她把桌子搬走！」我理直氣壯的說。

「哎呀！都已經是陳年往事了，妳幹嘛還要吃乾醋呀？」保羅看我氣鼓鼓的樣子，就去客廳拿了一張桌巾來，「大小姐，這樣好了，先用塊布遮一遮可以吧？」

梳妝台蓋上桌巾顯得更不倫不類了。我像個女王般搖搖頭說：「算了！你趕快想辦法叫她搬走吧！」

保羅鬆了口氣，連忙說：「走吧！我請妳去吃火鍋！」

我們離開了那間充滿記號的小屋。我也把心中的疑慮拋在腦後。愛情的記號畢竟比不上如此眞實擁有的愛情，不是嗎？

週末過後，又是上班的日子。米雪兒臉上卻沒有笑容。「怎麼啦？一臉臭臭的樣子，發生什麼事了？」我趁著倒茶的機會，繞過她身邊問道。

原來昨天小方約她到陽明山去洗溫泉。小方騎摩托車帶著她一路欣賞楓葉美景，來到一個優雅安靜的地方，可以洗單人的浴室，也可以洗露天浴池。小方說：「我們先洗澡，洗完再去吃炒青菜吧！」

他們分別進了單人的浴室，因爲小方不希望他倆進展得太快。他說：「愛情來得愈慢愈好。就像現在人喜歡吃速食，在國外偏偏就有人提倡吃慢食——slow food，慢慢做，慢慢吃，天長地久才夠味道。」

米雪兒說著哼了一聲：「去他的slow food！妳知道我洗完澡出來，看到什麼情景嗎？」

原來她高高興興的洗完澡，出來卻一頭撞見小方跟一個辣妹就在不遠的樹下卿卿我我。米雪兒嚇了一跳，不知道如何是好。小方看到她，就想擺脫那個女人，那個女人卻用高八度的聲音說：「不行！好不容易找到你，你一定要跟我走啦！」

小方在她耳邊小聲說了什麼，那女人才鬆手離去，臨行還挑釁的看了米雪兒一眼。事後小方卻一點也沒多做解釋，只像是什麼也沒發生，依照計劃吃炒菜、喝雞湯、欣賞山景。米雪兒卻心緒寥落，直到第二天仍然無法釋懷。

「莎賓娜！妳說他是不是有雙重標準？自己可以亂來，卻用聖女貞德的標準來看女人？」

「也許妳只是不懂他表達愛情的方式吧？」我歎口氣說。而我又何嘗懂得保羅對我的想法是什麼呢？是不是生活中有一些幻想，會讓我更愛你一點？是不是到處都有你的痕跡，才讓我捨不得離去？是不是因爲有你，這個城市的風景也變得美麗？

進入愛情關係後，是否彼此都想為對方上一副手銬，好宣示主權？這難道是因為男人的劣根性早已深深烙印在兩性的基因密碼中，以至於女人總難逃男人一不在身邊就會猜疑的情境？

是人就會想愛，想愛就難免憂傷，只因靈魂已不再完全屬於自己，但那絕非互為人質，而是如同好朋友一同開公司，彼此作保的基礎不是實質的金錢，而是聯繫兩人的信任感。信任感就像紅線，實質的金錢就像金屬製成的牢固枷鎖；紅線看似一扯就斷，卻能繫著兩人不分離，而枷鎖只會讓人想要逃離。

信任，是關係的基礎，也是愛情的必需品。

Story 28

舊情人的勢力範圍

讓我們玩一種叫做猜謎的遊戲，
猜你那一天會愛上我；
猜你那一天會失去我；
猜你那一天會假裝，
這一切都不曾發生過。

冬季的天空像是黯淡的失戀心情，早早的垂下了黑幕。這天加班完畢，我收拾起桌上的物品，看到保羅遠遠的在對我微笑。我向他眨眨眼，暗示著到外面再說話。辦公室戀情就是有這樣的缺點，即使只是眼波流動也會流言滿天飛。

我來到公司附近的紅綠燈路口，保羅趕上了我，他笑著說：「今天晚上回家太晚了，到我家過夜如何？」

「我沒準備耶——好吧！」

來到保羅家，因爲工作了一個晚上，肚子已經餓壞了，我提議說：「我們吃點東西吧？」

「好啊！我來做點消夜給妳吃。」保羅熱心的挽起袖子，準備到廚房做東西。

「不要太麻煩了！」我叫著說，「我們就去巷口的那家小吃店吃點東西吧！每次經過那家小吃店，我都想進去吃吃看！」

保羅一聽我說就有點神色怪怪的，他搖搖頭說：「還是不要好了，在家吃吧！」

「爲什麼不要？」我繼續追問，「很難吃嗎？」

「嗯——也不是啦——」

「那是你欠人家錢沒付？」

「怎麼會？」

「那你說說看爲什麼。」我鍥而不捨的追問。

保羅支吾了很久才說明，原來以前他常跟過去的女友一起去那家小吃店吃東西，兩人分手後就不再去了。保羅怕去了之後觸景傷情，又怕老闆問東問西，就乾脆不想去了。

聽了他這一番解說，我一肚子氣卻不好意思發作出來。而他很殷勤的在廚房忙東忙西，一副新好男人的樣子，讓我也不好發作。這些新好男人的優點是溫柔體貼，懂得顧家，照顧別人，缺點卻是很難和過去一刀兩斷，舊情綿綿無絕期。不過看他現在這樣賣力在做事的樣子，也就暫時放他一馬算了。

到了下個週末，終於把要趕的案子完成了。我跟保羅約好要到他家過週末。途中經過錄影帶店，我們打算租一些影片來看。我挑了一支梅格萊恩演的影片《爲你瘋狂》，保羅看了看我手中拿的片子，也沒說什麼就走開自顧自的去挑片了。

回到家之後，我開心的跟保羅說：「喂！我剛看了劇情簡介，這部片子描寫梅格萊恩的男友與馬修鮑德瑞克的女友變成了一對戀人，這兩個各自失去了男女朋友的人決定要聯手將前任男女朋友搶回來。他們租了一棟公寓，開始監督對方的行動，有很多爆笑的場面，一定很好看。」

保羅也沒說什麼，只是點點頭，就起身去放帶子。我們開始看影片，不久之後，保羅一下子起身倒水，一下子上洗手間，害得我也沒法專心看。我終於忍不住問道：「你覺得不好看嗎？」

「不會啊！很好看！」

「你看過啊？」

「嗯——」保羅支吾著答不出話來。

我瞪著他，乾脆連電影也不看了。他終於說了：「以前我跟女朋友在電影院看過這部片子。」

「那我剛剛要租時，你爲什麼不說？」

「我怕說了妳又想東想西，妳可以看啊！」

我氣鼓鼓的把電視關掉說：「誰想看啊！不看了！」

想到這一段與往事有關的問話又破壞了整個週末的氣氛，實在有點不值得。我又打開電視，開始看另一部片子。過了沒多久，轉過身來竟然發現保羅睡著了，我又開始火冒三丈，他可以跟前任女友去看電影，跟我看錄影帶卻可以睡著！我愈想愈生氣，心中頗不是滋味。

突然我想起以前有一次看到雜誌上介紹說某家餐廳很好吃，想找保羅一起去吃。他卻說：「那家餐廳不好吃！」

「你去過啊？」

「沒有。」他說著還把臉轉向另一邊。

「那你怎麼知道？」

在我苦苦逼問之下，他才說是以前的女友去吃過，告訴他那裡不好吃，所以他才不想去吃。現在想起來，原來我們一直活在他前任女友的陰影之下，連她說不好吃的餐廳都不能去了？突然之間我覺得自己好像是古代的小妾，活在大老婆的陰影之下，即使在大老婆死亡之後也不能扶正！

想到這一點，我起身收拾好衣物，決定回家。在臥室中，我又看到那張梳妝台，我對自己發誓：「在這張梳妝台被搬走之前，我絕不進這個家門！」走回客廳，保羅還在沉睡，我悄悄關上門，離開了他的家。

這天晚上，我一個人待在家中，覺得還是單人床比較好。雙人床的陰影太多，剪不斷理還亂的感覺，讓我難以承受。想到這一向以來跟著美食家保羅吃吃喝喝，身材都要走樣了，臨睡前我告訴自己：「明天早上一定要去慢跑一下！」

等我清醒過來，已經是早上九點。我匆匆穿上運動服，來到附近的公園打算運動一下。遠遠的我聽到有人在喊著：「莎賓娜！莎賓娜！」

我轉過身，卻看到是麥可站在樹下，一臉笑盈盈的樣子。「嗨！好久不見！」我有點尷尬的笑著。自從上次被他撞見跟保羅在一起之後，這還是第一次跟他見面。他卻一臉愉悅的樣子說：「我前一陣子出差，才剛回國。妳還好嗎？」

聽到他溫柔的問話，不知道爲什麼，我的眼淚突然就冒了出來。我哭得窸窸窣窣的，麥可連忙過來摟住我，安慰我說：「不要哭了！不要哭了！我都明白！沒關係的。」

「不！你什麼都不懂！」

「好吧！我什麼都不懂！這下妳高興吧？」

我忍不住笑了起來。我也不知道爲什麼要哭。難道在我的心中，也曾經爲麥可留下了一個難以取代的空間？難道舊情人的勢力範圍眞的是難以突破的？

但是我相信，只要地球不停的運轉，我們就能和嶄新的夢相逢。只要曾經一起有過夢想，說再見的那一天也許就不再孤單。

人是萬物之靈，但上帝把人造得太聰明，以至於老是記得過去的每個片段；卻又不夠聰明，所以我們沒辦法自行選擇要留下哪幕戲，刪除NG的那一幕。以至於別離後，我們都要進行一次朝聖之旅，前往那個沒有他任何影子的空白處，重新找回生命的價值。

重會處女地，不是為了遺忘，假裝我和他從未相遇，而是讓最原始純淨的心，喚醒我們對生命各個層面的敏感，好讓我們想起曾有的夢想、未來，有自己的路。

我們不是為那個不對的人降生，而是為自己努力活著。

Story 29 本能的誘惑

火車開過去時，總會飄來妳的髮香，
就像是水果的香氛，悄悄的散放在成熟的夜間，
站在月台上，
我隱藏著你不會知道的祕密心事。

一大清早，我就被凍醒了。昨天晚上沒有蓋好被子，誰知清晨的氣溫降低了好幾度，我在夢中來到冰天雪地的遠方，卻發現身上只穿了一件襯衫，還是保羅的襯衫，穿在我身上顯得特別的寬大。我心中還嘀咕著：「奇怪！男人的襯衫穿在男人身上看起來剛剛好，一點也不覺得大。怎麼一穿在女人身上，就會有這麼大的差異？難道我眞的那麼嬌小玲瓏嗎？」想到這裡，我突然間醒來了。原來被子掉到地板上，我縮在床邊的小角

落，手腳都是冰涼的。趕忙跳起身來，衝進浴室洗個熱水澡，讓身體溫暖起來。冬天似乎眞的來臨了，去年買的那件細條紋呢外套都還沒穿過，這樣的冷天剛好穿上身。還有一條毛料的褲子，買回來就擱在那兒，如今也該派上用場了。

在穿衣鏡前，才發現自己的身材既不玲瓏也不嬌小，外套穿起來腫了一點，褲子更是拉了半天才把拉鍊拉上，說也奇怪，自從跟保羅在一起之後，我的身材就一直發福走樣，想到同樣是在談戀愛，米雪兒卻愈來愈消瘦，爲什麼愛神偏偏照顧她的身材，忽略了我也需要減肥呀！眞不公平！

來到辦公室之後，開始忙於工作，使我暫時忘卻了減肥的問題。快中午的時候，保羅的祕書送了一份公文給我，我剛好起身要去倒一杯水，不小心碰到桌上的文件，紙張撒了一地，我彎下腰去撿，這才發現褲子的腰部太緊，差點蹲不下去了。正在爲難之間，突然聽到祕書酸溜溜的話：

「哼！男人不會喜歡胖女人的！」

我連忙站起身來說：「妳說什麼？」

「哦！沒什麼，只是注意到妳胖了。咦，最近好像保羅也胖了一點，不過男人胖一點沒關係，女人胖就慘了！」

她說完扭頭就走，留下我一個人氣得七暈八素。不遠處的米雪兒朝我安慰的笑笑，我對著她小聲說：「我從今天起就開始減肥！妳要常常提醒我哦！」

米雪兒笑著說：「好啊！反正保羅這個星期出差，不在辦公室。等他回來，妳讓他驚喜一下吧！」

那天回家之後，我左思右想，實在想不出減肥祕方，以前用過的方法都不靈光，難道還要重複使用嗎？正在屋中團團轉之際，突然電話鈴響了，是麥可打來的。

「嗨！我想看看妳在不在家，想跟妳聊聊天。」

「啊！麥可，正好你打來！趕快告訴我一下減肥祕方吧！你是用什麼方法減肥的？你是怎麼保持身材的？」

「我每天早上都去慢跑啊！以前妳不是也去過嗎？不過好像只看過妳一兩次吧——」

「好，不要管慢跑了！慢跑就是慢嘛！我要快速減肥！你有沒有祕方？」

「這樣好了！我介紹妳去一家我常去的健身中心，妳可以去找一位私人教練彼得，他會針對妳的需要作設計的。」

我抄下那個教練的名字，覺得自己的一週減肥計劃立刻就要成功了。跟麥可掛斷電話之後，我連續做了五十個仰臥起坐才不支倒地。在睏倦之中，我喃喃自語道：「要討好男人還眞的不容易呢！」

第二天下班後，我立刻衝向麥可說的那家健身中心。這家健身中心在熱鬧的東區，一進門就是一整排的跑步機，許多上班族換下工作服，一身運動裝開始走動起來。我看到一個穿著紅色上衣的女子一邊講手機一邊跑步，眞不知道她的心臟是否能負荷得了？幾個男人在旁邊練舉重，突起的肌肉顯出誘人的光彩。

在櫃台的附近，一群穿簡短運動裝的女人圍著一位教練嘰嘰喳喳的說著：「教練！我想練小腹耶！你告訴我怎麼做嘛！」

那位教練用低沉的聲音說：「好！一個個來！我要針對每個人作特殊的設計才行。」

我伸伸舌頭，難道他就是彼得嗎？看樣子要突破重圍不容易了，我轉過身，一個人先到跑步機上練習一下，再找機會去找彼得吧。就在這時候，一位英俊的男子走到我身邊，一隻手優雅的扶著我的跑步機說：「妳是新來的？一個人來？」

我有點緊張的點點頭，他笑了笑，伸手幫我把時速調好，然後說：「先試試看，不要讓自己一開始就累壞了。」

我開始慢慢的走動起來，他又溫柔的說了：「我想妳需要一些特殊的健身計劃。依我看來，妳的身材可以練得很棒——」他說著將雙手抱在腦後，做了一個伸展的姿勢，在左右晃動當中，我聞到男性汗水的味道，那是一種本能的誘惑，一種肢體的溝通，而非言語的溝通。

突然之間，我覺得自己有些莫名的心動。眼前是個完全陌生的男子，只不過有些肢體上的交流，我就受到了誘惑，那些來運動的每個人，不知都懷抱著什麼樣的目的。是爲了健身而來，還是爲了交男女朋友？或只是因爲寂寞，還是因爲可以有肢體上的交流與共鳴，而不必作心靈上的角力與溝通？

或許，在我跟保羅之間還是隱藏著許多的問題，使我對一個陌生的男子也會有心動的時刻，走在這條熟悉的路上，眼前的路徑卻一分爲二。那會不會是終點？因爲我不知該如何選擇。或者你有你的方向，而我卻追隨到錯誤的路徑。

如果男人是雕刻家，硬是在堅硬的岩石上，蠻橫的開闢出自己幻想的女神；那女人就像是一位釀造橄欖油的師傅，從幾百公斤的彼此刺探中僅榨取出一點淡然香氣，小心翼翼放在愛情的關係中，卻又偶爾碰上粗魯男人打翻了心意的結晶。

追求幸福，女人更應該問的是自己的心，試著讓男人看到女人的情慾，讓男人學會珍惜真正的女人，而不是縱容這些大孩子們，一味把女人打造成他們希望的那個樣子。

真正的理解，才能換得真正的尊重；真正的尊重，才能擁有真正的愛。

Story 30

愛上戀愛的感覺

車窗上的雨刷不停的顫抖著，
多麼的努力著，
想要刷掉那屬於雨的記憶、
愛的痕跡。

在健身中心做完運動後，我帶著微醺的心情回到家。很難解釋自己爲何有這樣奇異的感覺，難道我跟保羅不是在談戀愛嗎？爲什麼我還會受到一個陌生的健身教練吸引呢？我脫掉球鞋，坐在客廳的地板上發呆。突然電話鈴響了，原來是瓊安打來的。我連忙向她傾訴自己的煩惱。

「瓊安，我想問妳一下，爲什麼我在跟保羅談戀愛，心情還是會因爲陌生男子而波動呢？」

「這是人之常情！」瓊安一副戀愛專家的口吻說著，「女人一向很少看男性的裸體，其實男人的身體一樣是有吸引力的。這也是古今中外不變的道理。妳沒看到許多國際名女人都喜歡上自己身邊的保鑣、舞者、健身教練、馬術教練或游泳教練等等。男人身體的接觸會產生催情的效果，愈是成熟的女性愈容易受到肉體的吸引。」

我的臉倏地紅了，便連忙打斷她的話題說：「妳打電話來有什麼事嗎？要不要一起吃個飯啊？」

「一位朋友邀我參加派對。米雪兒跟薇薇安都忙著談戀愛，只好找妳這個男朋友不在家的人陪我去了。」

於是我匆匆盥洗一下，跟瓊安去參加朋友的朋友開的派對。到了現場才知道那是個私人的派對，寬敞的空間裡到處都流動著麗人的身影。瓊安忙著跟朋友打招呼，我一向不擅長交際，便一個人四處逛逛。來到洗手間附近，卻看到一堆女孩子圍在一起嘰嘰喳喳說個不停。

「妳知道這裡有多大嗎？」其中一個興奮的說。

「不知道，多大啊？」另一個充滿好奇的問道。

「一百多坪的空間耶！聽說只有男主人一個人居住，光是裝潢就花了五六百萬。最重要的是，男主人不但是個黃金單身漢，據說不久前才剛剛失戀呢！」

「啊！」幾個女人都失聲驚叫起來，「那我們豈不就有希望了嗎？」

聽到這裡，我覺得有點乏味了，就轉向客廳走去。剛好看到瓊安一臉興奮的朝我揮手，我就向吧台走去。誰知道瓊安跟我說了一堆同樣的話，然後興奮莫名的說：「妳瞧！那邊有個中年男子，我猜他八成就是那個男主人。妳幫我看看，我的妝花了沒有？我打算使出渾身解數了！」

我轉過頭去，看到一個身材高挑的中年男子身邊圍繞著一群女人，顯然都是有備而來。我只好說：「瓊安，加油吧！」

正好這時候那名中年男子朝洗手間走去，瓊安就故意過去排隊，好找機會跟他打個照面。今天已經折騰了一整天，我的心情其實很低落。不知不覺就朝比較安靜的角落走去，無意間來到陽台上，外面的空氣微涼，落地窗敞開著，隔著窗子我看到一個雅靜的書房，便推門走了進去。書房中四處都堆滿了書籍，顯然主人是很有品味的優雅人士。

我剛抽出一本書，突然一個男人的聲音出現在我身後：「小姐——妳想抽菸嗎？」

好怪的問題。我轉過身，有點不高興的說：「我不抽菸。」

「那好，我也不抽菸。其實這裡是吸菸室，我以爲妳是來抽菸的。嗯，我好像不認識妳——我叫理查——這裡的主人。」

我倒抽一口氣，竟然是他？「我叫莎賓娜。抱歉我不知道你是今晚的主人，打擾到你了。」

他瀟灑的揮揮手說：「別客氣，請坐！」

我跟著他坐在沙發上，羨慕的說：「你眞好命！有這麼漂亮的一個家！」

他淡淡的說：「這些都是家人的東西，其實我最羨慕的是自己打拚，闖出天下的人，像妳們這種獨立自主的女人我最欣賞了。」他又嘆口氣說：「不過每次跟這樣的女人談戀愛，不知道爲什麼我都會失敗。每當對方想要跟我更進一步時，我就會受不了，想要臨陣逃脫。」

「也許你並不是眞的愛上了對方，而是愛上了戀愛的感覺而已。」

他抬起頭來看看我說：「妳知道我爲什麼會跟妳說這麼多嗎？因爲我發現今晚妳是唯一對我不感興趣的女人。只要女人一想要跟我拉近距離，我就會有窒息感，就想要逃開。或許就是因爲距離才讓我有愛她們的理由。沒有了距離，我只能逃走。」

又是一個愛情無能症的男子，我站起身來說：「我要去吃點東西，不陪你了。」

回到客廳，我拚命向瓊安擠眉弄眼，想要告訴她，她弄錯對象了。瓊安卻一臉迷戀的樣子，身體都快貼在對方身上了。好不容易把她拉到身邊，告訴她實情之後，瓊安立刻說：「哼！我就說嘛！那個傢伙還想吃我豆腐，眞是癩蛤蟆想吃天鵝肉！怎麼辦？怎麼辦？現在要如何補救啊？」

「他好像很喜歡看書，也許可以跟他談談書的事。」

「好啊！那我跟他借本書，有借有還，不是嗎？」

我們正想往書房走去，這時理查卻走了出來，然後一個嬌滴滴的聲音在我耳邊響起：「理查！這本書可以借我嗎？」

我跟瓊安對看了一眼，顯然今天晚上她的運氣不太好，還沒開始的戀愛就已經結束了。
如果這就是戀愛的感覺，我想我愛上的或許不是你，只是那樣的一種感覺。

究竟「愛上一個人」和「愛上戀愛的感覺」有什麼不同？
或許就像是吃飯般，在多種菜色中，如果只是想吃點東西，沒吃到也不會覺得遺憾，那很顯然的這道菜並非我們真心所愛；但我們偶爾會想起一道令人難忘的菜，就像媽媽的味道，無論飢餓與否都會浮現於腦海，它是生命記憶的一部分時，別懷疑，這就是愛！

Story 31

愛人的鑰匙

風是一個神祕的使者，
固執的圍繞著你，
要向你傳遞著
我說不出口的心情。

星期六的早晨，我在微涼的空氣中醒來。氣象報告說大陸冷氣團來襲，溫度會下降好幾度，而今天是保羅回國的日子，不知道他穿得夠不夠？雖然昨天晚上他在電話中說不要我去機場接他，但是已經一個多星期不見，我還是很想見到他，就決定給他一個驚喜。趕到中正國際機場，沒多久就看到保羅出關了，他似乎消瘦了一點，臉上有一種沉鬱的神情。我走到他面前，他的眼睛一亮，很高興的摟著我說：「莎賓娜！妳怎麼來了？」然後他又加了一句：「妳好像變瘦了？」

我點點頭，興奮莫名的笑開來。「你注意到了啊？我每天去健身房練的嘛！」

「妳還眞有心呢！」保羅說著把我拉近了一些，他的呼吸吹拂在我的耳畔，讓我覺得神魂顚倒。

「我們去搭計程車吧！」我幫他拿起一小件行李，準備朝出口走去。

正要離開入境大廳時，突然一個聲音響起：「嗨！保羅！」

保羅轉過身去，原本摟著我的手立刻鬆開來了。他向前走一步，跟那個人握手說：「怎麼這麼巧？在這裡遇見你！」

「是啊！好久不見！這位是——」

保羅有點尷尬的轉頭對我說：「他是我大學同學，這位是我——同事，來接機的。」

我點點頭，沒說什麼，心中卻有點失落感。在陌生人面前，我們像是一對戀人；在熟人面前，我們立刻變成了陌生人。保羅曖昧的態度讓我很不安，似乎我們之間的關係仍然未被定位，難道我們只是祕密的戀人？

懷著這樣的疑慮，跟著保羅到了他家。跟著他上樓之後，一進門保羅就摟住我，親吻著我。剛才的那點疑惑又消失了幾分，或許眞正的愛情就是一切盡在不言中吧？保羅摟著我來到臥室，在眼角餘光中我看到那張梳妝台，突然才想起自己不久前發誓說在這張梳妝台消失之前，再也不會踏進這間臥室了。但是看到保羅在梳妝台上鋪了一塊布，又覺得心軟了。或許他是眞心的，否則他不需要如此刻意的安排吧？

保羅靠近我時，爲了想要證實他對我的愛，我故意說：「對了！你說要帶禮物給我的，是不是忘了？」

「怎麼會忘記？」他彎下腰，從床邊的行李中拿出一個包裝精美的盒子，遞給我說：「這是特別爲妳設計的禮物。」

禮物打開來，我卻嚇了一跳。原來裡面是一個心型水晶的鑰匙環，上面掛了一把鑰匙。「這是——給我的？」

「是啊！」保羅笑著說，「我在國外看到一家水晶專賣店，想起妳喜歡水晶，就決定買給妳當禮物。」

「那鑰匙——你不怕我隨時跑來，發現你不可告人的祕密？」我笑著說。

「我哪有什麼祕密？我還巴不得家裡有個仙妻，一回家桌上就擺滿豐盛的菜飯呢！」

他說著擁抱著我，輕拂著我的頭髮。突然之間，我的心中再也沒有疑惑，我擁有了一把愛人的鑰匙，這表示我已經被保羅認定是女朋友了，我已經可以自由的出入他的家，但是，爲什麼我並不覺得特別快樂？我的心頭又浮現了在機場的那一幕，所謂女朋友的角色又模糊起來了。

那天回家之後，我打電話給瓊安，告訴她我的煩惱：「他給我鑰匙，一方面肯定了我們之間的關係。但是在機場又不承認我是他女朋友，我又覺得他很曖昧，好像不想讓我們的關係曝光一樣。」

「這就是愛情的兩難症，一方面想要擁有愛情的對象，一方面又不想失去愛情的自由，在兩者之間掙扎時，往往連自己眞正的想法都模糊了。也許是他想同時要妳作他的祕密戀人、同事及朋友，希望妳保持多元化的角色吧？」

「其實如果他眞的愛我，我甚至也可以考慮換工作，讓我們的關係更明朗化。」

「千萬不要爲了一個曖昧不清的男人而喪失自我，」瓊安誇張的說，

「因爲妳會發現犧牲並不能讓妳變得更崇高，只會讓妳變得更愚蠢。」

「如果愚蠢能換來愛情，或許我也願意。問題只是，這樣眞的有效嗎？」

我只知道在寒冷的天氣中，心情特別脆弱，很容易感染一種無藥可醫，更無法可施，叫做愛情的病症。

每顆心都像一座擁有好幾扇門的大宅，最外面的門只能看到庭院，第二扇門可以看見客廳，第三扇門可以看見客房，但唯有走到最底的那扇門，才能見到一個人深處的生命歷程。

交往過程中，逐漸為對方開啓一扇又一扇的門，看似簡單的動作卻是建立在兩人的信任感與安全感上，以此化為鑰匙才能開啓的祕境。

我們要珍惜對方贈與的鑰匙，也要小心選擇託付鑰匙的對象，直到有天，雙方皆是彼此的真愛時，無需任何鑰匙便能登堂入室，因為兩人已是共享房子的主人。

Story 32

我倆算不算是一對戀人

你的眼睛，
是天空、
是海洋、
是雲、
是愛情的故鄉。

又到了一年一度員工旅行的時刻了，看到告示板上張貼出這樣的消息，大家的心情都開始浮動起來。這天中午經過走廊時，就聽到幾個女孩子在說：「這次員工海外旅遊開放眷屬攜伴參加，那男朋友算不算眷屬啊？」

「眷屬是要同睡一間房的，妳眞的敢那麼公開啊？」

幾個女孩子笑成一團，我伸伸舌頭，匆匆走過。雖然那是二十歲世代女孩子的心情，但是輪到自己時，竟仍然有同樣的困擾。幸運的是，我和保羅在同一間公司，所以沒有攜伴參加與否的困擾，而問題也在這裡，我們如果都還想在這個公司工作下去，就不太可能公開戀情，那麼即使一起去旅行，也還是形單影隻的感覺吧？想到這裡，心情就低落了下來。

還好因爲要出去旅行，工作量一下子增加許多，讓我暫時忘卻了煩惱，開始埋頭工作。臨出發前，我才算把一切處理妥當，可以安心的上飛機。這次的行程是到太平洋一個小島的渡假飯店，包括游泳、戶外活動、購物等等，總之是想讓整天關在辦公室裡的人有點喘息的空間。

才一下飛機，保羅就已經成爲一群娘子軍的領隊了。他和小方各自負責帶一隊人馬，我因爲不想擠在那群單身的女人當中，就跟米雪兒一起加入小方的隊伍，房間當然也分配好跟她同一間。看到這一片藍天碧海、美麗無垠的沙灘，卻只能跟女同事擠在一個房間，眞有點無趣。我倆一起上樓時，我嘮嘮叨叨的說：「這樣玩有什麼意思？像妳跟小方都可以一起進進出出，爲什麼保羅跟我就不行？」

「可能他是主管，有點不方便吧？」

「哼！我才不相信！」我自顧自的說，沒注意到米雪兒已經有點不耐煩的臉孔。

「我要先下去跟小方說一聲，待會兒見！」米雪兒迫不及待的溜走了。剩下我一個人面對一片空盪盪的室內。我打開窗簾，窗外的陽光與海浪聲沖刷而進，我的心情一下子又開朗起來了。

「沒有人陪我也好，正好讓我輕鬆一下！」我自我解嘲的說著。轉過身來，還沒坐定，服務生就來了。「請問是莎賓娜小姐嗎？這是妳的越洋禮物，鮮花跟水果，請簽名。」

我滿腹驚訝的收下那束玫瑰，看看卡片，竟然是麥可的名字。我想起前天晚上搭電梯時碰到麥可的情景。當時我才加完班回到家，整個人都要累垮了。麥可看到我就笑了：「莎賓娜，妳好像把自己累壞了，爲什麼都沒看到妳來慢跑呢？」

我一聽眼淚都快掉下來了。不知道爲什麼，這個男人總是很擅長說一些安慰人的溫柔話語，卻擺明了沒有眞心？「我們公司要去旅行，最近在趕工把一些事提早做完。」

麥可問了我們要去的地點，便說：「我去過那家渡假飯店，很舒服的地方，妳會喜歡的。」電梯剛好到了，我們便分手了。

沒想到麥可真的很有心，竟然越洋贈花與水果。雖然只是一點小小的心意，卻很讓人心動。我吃了一點水果，梳洗一番，便決定下樓去看看有什麼活動可以參加。在櫃台問了半天，總算問出來明天有一個野外探險隊，可以搭乘小舟，流經荒涼的小溪與叢林，還可以參觀當地傳統食物的製作方式等等。想想還不錯，當下就決定要去了。我轉過身來想約米雪兒一起去，但她早已不見人影，只好等晚上再說了。

第二天早上，我興致勃勃的起身，準備下樓集合。米雪兒卻還賴在床上。「喂！大小姐，我們要出發啦！妳怎麼還待在床上？」

「莎賓娜——我想——小方要我跟他一起行動，我看還是不要跟妳去好了！」

我怔了一下，想想也不好勉強她，便自己背著包包出門了。小巴士已經等在飯店門口，我上了車，一看全是陌生面孔，大部分是西方人，還有幾個東方人。我一個人找了個角落坐下，車子便開動了。

這時身邊一個男人開口了：「小姐，我是從台灣來的。妳會說中文嗎？」

我瞪了那人一眼，沒好氣的說：「會。我也是從台灣來的。」那個人卻開始滔滔不絕的聊起天來，既然他不想住口，我也懶得制止他了，只是他說些什麼我並沒有專心的聽。車子抵達一片叢林中，下車時我一個不小心差點滑倒，他在一旁扶了我一把，才算沒摔倒。我不禁謝謝他的好心，同時對他也有了不同的觀感。

「謝謝你，我忘了你說你叫什麼名字？」

他很開心的笑著，嘴咧得很開，「我叫傑克！我知道妳叫莎賓娜，剛才司機在點名的時候我聽到了。」

於是我才明白傑克原來跟我同病相憐。他跟女朋友約好一起出國旅遊，誰知到了機場碰到女友的同事，他想表現出親熱的樣子，以證明自己是她的男朋友，結果他的女朋友大爲光火，當場跟他大吵一架，就自顧自的回台北了。傑克很沮喪的說：「我們眞的是男女朋友啊！可是她在別人面前總是不承認，讓我常常懷疑我們倆算不算是一對戀人。」

我沒多說什麼，但是我的心涼了半截，難道這就是我要找的答案嗎？臨別時傑克約我晚上在頂樓的酒吧碰面，我便答應了。或許讓兩顆孤獨的心聚首，總比一個人孤單寂寞要來得溫暖吧？

晚餐過後，我稍微打扮了一下，便來到頂樓露天的酒吧。傑克已經坐在那兒，在昏黃的夜色之下，竟然比平時多了一點帥氣的魅力。我們才點完酒，保羅竟然出現在我面前。「莎賓娜！我找妳一整天了！妳跑到哪兒去了？這位——」

「哦！這位是傑克。這位是——我們的領隊，保羅。」我誇張的說，好讓保羅也體會一下不願意在衆人面前承認自己的親密戀人是什麼樣的感覺。

保羅卻沒什麼風度，強行把我拉到一邊，質問我爲什麼要跟一個陌生男子在一起喝酒。我正要辯解，兩個花枝招展的女同事出現在酒吧中。「保羅！我們找你好久！原來你躲在這裡。」一個女同事嗲聲嗲氣的說。

「對啊！你們兩個人在約會嗎？」另一個女同事吃吃笑著說。

保羅立刻正經八百的說：「沒什麼，我是領隊，總要注意大家的安全，我是要莎賓娜小心，一個單身女子出來旅行不要隨便跟陌生男人搭訕比較好。」

「要你管！你又不是我男朋友！憑什麼管我！」我發火了。那兩個女人趕忙將保羅拉走，而我一晚的好心情全泡湯了。

第二天的團體遊戲是在沙灘上的排球比賽，我跟保羅是不同組的，剛好有個球朝我飛來。我緊緊抓住機會，把球朝保羅的方向砸去，聽到他哎喲一聲，我心中有一種暢快的感覺，但同時又有很深的失落感。

在海洋之中有我的渴望，在天空之中有我的懸念，在你的心中，有我無止境的追尋。

孤寂，便是不言語的時候，我們會因為冷漠而感到憂傷；言語時，我們卻又因言不及義與非心有靈犀而感到氣餒。當說與不說都錯，彷彿彼此成了對方眼中熟悉的陌生人，這時，往往令人不禁會懷念起，曾經我們宛如相隔於太平洋兩岸，卻絲毫不覺得遙不可及。

孤寂，無關一個人在哪裡，而是你我是否在對方心底。確認彼此位置，就成了戀愛中不能忽視的小動作：一則短訊、一通電話，甚至一張貼在床頭的小便條，讓戀人確知自己是在對方心中，而不再孤寂。

Story 33

男人與內衣

在樹影下徘徊的，
不是燦爛的陽光，
不是搖曳的落葉，
是我擺脫不掉的
思念。

渡假的心情已經被一連串的忙碌工作壓抑住了。不過是幾天的假期，桌上的公文卻已經堆積如山。在忙碌之中，能讓我暫時忘卻渡假期間的不快，倒也是不錯的方法。

下班後，原本還想加班，米雪兒卻不由分說的將我拉開來。「別太認眞了！妳想要讓自己未老先衰啊！薇薇安跟瓊安在等我們，一起去吃飯吧！薇薇安說吃完飯還有事，叫我們不要遲到！」

在東區一家百貨公司樓上頗有現代感的餐廳裡，許久不見的薇薇安與瓊安兩人早已在座，桌上已經有兩杯粉紅的雞尾酒。我們開始點菜，吃東西。薇薇安問我說：「莎賓娜！聽說妳跟保羅一起去渡假，好不好玩？有沒有發生什麼糗事啊？」

「有什麼好玩的？不過是跟公司同事一起去的，每天都快氣昏了，還好玩呢！」

於是米雪兒把假期中發生的事簡要說了一下。她還加了一個結尾：「莎賓娜好像想跟保羅攤牌，但又不知道該怎麼辦才好。」

「莎賓娜！他在不在別人面前承認跟妳的關係，這件事眞的很重要嗎？」薇薇安瞪著我說，「妳眞是不知足啊！妳知不知道有多少人跟男人交往了半天，都要論及婚嫁了，不但沒去過男朋友家，連他家住那個方向都不知道，到最後才發現對方已經結婚了！妳呢，又有保羅家的鑰匙，還去過他家，眞的是身在福中不知福！」

瓊安也閒閒的說：「這也難怪男人常說女人得寸進尺，得了鑰匙就想要戒指，有了戒指還想要證書。放鬆一點，不要逼得太緊，愛情就像放風箏一樣，線頭要抓緊，但偶爾還是要放鬆一下，才能讓風箏盡興的飛翔，卻又飛不出妳的手掌心才好！」

米雪兒這時插嘴了：「我們不要一直講莎賓娜跟保羅的事了，我想她過一陣子就會好一點的。對了！我們出國這段時間，有沒有什麼八卦啊？」

「還不是名女人與名男人分手的事！」

「不然就是大人物互揭瘡疤的事！」

「對了！我想起來，前一陣子發生了一件奇妙的事！」薇薇安突然說，大家的耳朵都豎起來了。

原來前一陣子有個朋友跟薇薇安調頭寸，說是有急用要借十萬元周轉一下。過了一個多月，朋友突然打電話來，說是要先還一部分的欠款，同時請她吃飯，謝謝她的幫忙。薇薇安欣然答應了。

到了約會那天，薇薇安因爲有事遲到了一點。等她一進餐廳，看到朋友已經坐在那兒，旁邊還有一位男士。她嚇了一跳，心想：「難道她交男朋友了？」

來到座位上，那位男士知趣的立刻離去了。薇薇安這才知道那不是男友，而是前來搭訕的陌生男子。她不禁多看了朋友一眼，心中還懷疑著這位友人平時一直嚷著交不到男朋友，會不會都在騙人啊？

這天她們吃的是自助餐。朋友起身去拿東西時，薇薇安這才注意到她的身材跟以前不同了，不但凹凸有致，而且胸前偉大不少。等朋友回座後，薇薇安忍不住問她說：「喂！以前妳的身材不是都像四季豆一樣，平平扁扁的，現在怎麼完全不一樣了？剛剛還有男人跟妳搭訕，眞是稀奇呢！快老實招出來吧！」

朋友這才不好意思的說她前一陣子遇到一位以前的同事在做直銷，賣調整型內衣。以前她一直覺得自己沒有男人緣，都是因爲長得太醜了，這位同事卻問她說：「妳知道男人第一眼看女人哪裡？」

「哪裡？眼睛——」

「妳不要柏拉圖了！男人看女人第一眼看的是胸部，女人如果沒有胸部，男人就不會有第二步啦！妳長相不錯，問題就在沒有胸部。記住，男人看女人跟臉無關，跟胸部有關！」

於是她曉以大義，讓朋友試穿了一套調整型內衣，果然身材曲線就完全不同了。那位同事還嘮叨著說：「妳就是穿錯內衣了，這種內衣能調整身材，再平也會有胸部的！」

最後薇薇安的朋友忍痛花了十萬元買了兩套，果然穿到任何場所都很有效！這筆錢眞的花得很值得。

聽完薇薇安的傳奇故事，每個女人都低下頭來看看自己的胸部。米雪兒突然問薇薇安說：「妳剛說妳還有事，什麼事啊？」

薇薇安不好意思的笑著說：「也沒什麼啦！我只是想去這裡的內衣部門看看而已！」

「走！大家一起去吧！」

於是我們一行人朝內衣部門殺去。在還沒有購買五萬元一件的調整型內衣之前，至少先買件普通的新內衣也好吧！

第二天上班時，在我桌上的公文夾中放了一張照片，保羅在機場幫我拍的照片，我拎著一個旅行箱，一臉要遠走高飛的表情。保羅附了一張字條寫著：

看著妳沉默的表情，知道妳的千言萬語；
看著妳靜靜的轉身離去，知道妳的逞強；
看著妳提著沉重的行李，知道妳或許再也不想跟我相見；
然而我依然如此迷戀著，那個似曾相識的妳。

彷彿被人猜中了心事一樣，我感到臉紅心跳。

男人與女人的交往，就像過一條窄橋，讓分站在橋兩端的男人和女人得學習互相尊重與禮讓，才能找到和諧相處之道。但若是彼此都像是高速列車般急著想通過，互相撞擊下肯定也是非死即傷。

內在也好，外在也罷，沒有哪個樣子是獲得幸福的標準答案，因為愛情從來都不是一個人的課題，而是兩個人互相來往的結果。所以硬是配合男人妝點自我的女人，選擇在愛情中拋棄了自己，以至於列車只會輾過她，通往下一個地方，而不曾為了欣賞她的不同而暫歇。

Story 34

風箏哲學

從窗隙間擠進的月光，
像是已經滿載的心情。
卻依然阻擋不住
無法逃脫的
愛情。

自從渡假回來之後，一個多星期以來，我都擺著一張臭臉上班。保羅雖然給我寫了字條，還好幾次刻意的來跟我說話，都被我冷眼冷語的打回去了。在眾人面前，他不方便發脾氣。而我心情不好，就算是我的上司也得看我的臉色。更何況他是個被打上問號的男朋友！

好不容易熬到星期五，正想計劃一下週休二日的活動，突然接到出差的命令，保羅要我們這一組派一個人下南部出差。他看看我，有點遲疑的說：「莎賓娜，你們這一組要派誰去啊？」我不高興的坐在椅子上，不吭一聲。米雪兒看我不說話，便接口說：「這樣好了，我去吧！上次是莎賓娜去的，這次我去好了。」

保羅點點頭走開了。我小聲的對米雪兒說：「妳幹嘛對他那麼客氣？他不會自己去找其他的美眉去啊？」

「哎呀！大小姐，妳把公私分開來好不好！對了，這次我去出差，妳可要幫我一個忙哦！」

「什麼事？」我狐疑的問道。

原來米雪兒有一個姑姑，年過五十依然小姑獨處，前一陣子外出購物時不小心摔了一跤，腳踝腫起來了，走路有點不方便，需要人幫忙。因此米雪兒特別拜託我去幫她陪姑姑一下，算是交換條件。於是這個星期天的下午，沒有約會，也沒有美好心情的我便坐在那棟面臨公園的屋子裡，陪著五十多歲的老女人聊天。

我們倆就坐在陽台上，一邊喝著茶一邊聊天。「這裡的風景好美，可以看到遠處黛藍色的山峰呢！」我讚嘆著。

「是啊！當初會買這個房子也是看中這一片天然的美景。」

「還可以看到公園裡面的青草、綠地、花園，還有小孩子在放風箏呢！」看到自然的美景，我的心情也開朗起來。

姑姑似乎也感受到我的興奮心情，不禁笑著說：「妳眞的跟小孩子一樣！不知道妳有沒有男朋友啊？」

我的神色黯淡下來，緩緩將自己跟保羅的狀況說了一遍，最後還加了一句：「我已經決定了，如果他不肯把我當女朋友，我就不再做他的女朋友了！」

姑姑嘆口氣說：「莎賓娜，當初我是爲了要結婚才買這棟房子的。我們的婚期都已經定好了，但是在結婚的前一個月，我的未婚夫突然失蹤了，從此再也沒有出現過。」

「發生什麼事呢？」我好奇的問道。

姑姑並沒有回答，只是轉過身，朝公園看看，然後指著一個角落對我說：「妳看，那裡有一對男女在放風箏，每次我都發現他們放的風箏最穩也最好。因爲風箏飛得太高，顯得有點不穩定時，那個女的就會接過來，把線拉緊一點，或調整一下方向，再將風箏交給男的繼續放，這樣風箏就總是很穩定的在天空中飛翔。」

姑姑看看我，又繼續說：「我想男女關係也一樣。當年我就是不懂得收與放之間的技巧，把那個男人看得緊緊的，深怕他跑掉。結果他受不了了，在結婚前逃走了，留下我孤單一個人過日子。」

姑姑雖然沒有講得很明白，但我大約體會到她的意思了。在這個公園邊的午後，我明白了放風箏的哲學——談戀愛就像是放風箏，只有在拉緊與放鬆之間保持平衡，才能有完美的演出。

第二天，我穿著新買的紅色內衣，心情愉悅的上班去。原本想一到辦公室就要對保羅表現一點善意，但才一進門就被一堆的會議逼得團團轉，什麼機會也沒了。

在接近十二點時，我終於藉著上洗手間的理由從會議室溜出來，心想順便到茶水間倒一杯熱茶。我把茶杯放在茶水間，便轉身走進洗手間，這時突然聽到保羅的聲音：「莎賓娜！妳爲什麼都不理我？我不知道哪裡做錯了，讓妳生這麼大的氣？」

隔著洗手間的門，我一時無法出去，只是焦急的說：「保羅？這是女生的洗手間耶！你怎麼跑進來了？」

「我找不到機會跟妳說話嘛！」

「快走！你不怕被人看見啊？」

就在這時候，我聽到洗手間的大門開了，一個女同事的聲音傳來：「莎賓娜，妳在跟誰說話啊？」

我嚇了一跳，趕忙衝出來，卻不見保羅的身影，只好訕訕的說：「我以爲米雪兒還在呢！」

匆匆走出洗手間，我的心中充滿了疑惑。剛剛眞的是保羅到女生洗手間跟我說話嗎？還是我在作夢？回到會議桌，突然看到桌上放著我的茶杯，裡面茶香四溢。剛剛我不是把茶杯扔在茶水間嗎？是誰幫我拿回來的？我抬起頭來，剛好看到保羅朝我眨眨眼。

一時之間，我什麼都懂了。或許他眞的還是很在意我，只是我太不了解他了？

在月光昏暗的黑夜裡，好不容易下定的決心是什麼？在清晨微弱的曙光中，好不容易想清楚的是什麼？我不只不了解他，也愈來愈不了解自己了。

女人是世界上心思最纖細的動物，男人一個字、一個動作，就能讓女人在心中千迴百轉，然後只能化作淡淡一聲輕嘆。

也許這就是女人的任務，不只是面對男人，學會與男人相處，有智慧的女人更要懂得教導男人，讓男人學會試著傾聽女人的心，而不僅僅甘願當個視覺動物。更何況，當女人在愛情中陷入迷惘，一個真正懂得傾聽的男人，能夠扮演女人的指南針。傾聽很難，讓對方學會傾聽自己更難，而我們永遠不能忘記，「愛情本就不簡單。」

Story 35

像個男人的樣子

像一顆星子，
因為愛情而顫抖，
因為渴望而孤獨，
卻永遠只能用黑暗
欺騙與隱藏你的心。

保羅跟我之間的鴻溝似乎慢慢的密合了。有幾次在保羅家過夜快要遲到的早晨，他會騎著摩托車飛快的開到公司。我在後座緊張的大喊：「保羅！騎慢一點！我還不想這麼早死！」

他卻只是哈哈大笑，依舊飛車前進。或許保羅真的是豁開了，昨天上班時剛好碰到那位祕書小姐，她有點酸溜溜的說：「喲！兩個人還眞巧，同一時間到公司呢！」

保羅笑笑說：「是啊！妳看我們兩個像不像一對戀人啊？」

祕書撇撇嘴沒說什麼，我卻急得滿頭大汗，深怕他再說出什麼不得體的話。說也奇怪，當他不承認我們之間的關係時，我心中一把怒火，差點把他燒死。現在他好像要承認了，我心中又怕怕的，好像又不能確定彼此的感覺了。

到了辦公室，剛好接到瓊安的電話，她在電話那頭大喇喇的說：「恭喜！聽說你們又和好啦！妳看，男女關係公開與否根本不重要，彼此交往只要互相信任對方不就行了？」

「噓！妳小聲點！」我壓低聲音說。

「怕什麼啊？談戀愛又不犯法。這樣好了，我來約薇薇安跟米雪兒，大家都把男朋友帶來認識一下，交往這麼久也該介紹給彼此的朋友吧？」

我還來不及說什麼，瓊安就把電話掛斷了。瓊安說得很輕鬆，卻不知道別人在戀愛中的心情未必如此輕鬆呢！到了下班時刻，果然薇薇安打電話來了：「莎賓娜！我想我不要參加大家的聚會了——」

聽她欲言又止的樣子，我追問道：「怎麼啦？發生什麼事了？」

薇薇安嘆口氣說：「我男朋友不想跟妳們見面！」

我正想追問，米雪兒卻朝我猛招手，好像有什麼急事的樣子，我只好說：「等一下再打電話給妳！」

看到我走近，米雪兒悄聲說：「剛剛瓊安打電話要約我們下班後吃飯，我怕妳跟別人約，就急著找妳！」

「我還以為什麼大事呢！她約薇薇安了嗎？」

「有啊！怎麼了？」

我聳聳肩，不再多說。跟著米雪兒到了約定的餐廳，果然瓊安與薇薇安都已經在座。點完菜之後，我忍不住繼續追問薇薇安：「妳剛剛在電話中還沒說完，為什麼妳男朋友不想參加？」

薇薇安的眼眶一紅，低聲說：「就是因為我罵了他。」

「妳罵了他什麼？」

「我看他彆彆扭扭不想去的樣子，心中火大，就對著他吼道：『拜託！不要縮頭縮尾！你難道不能像個男人一樣嗎？難道連出去見個世面都不行嗎？』」

她一說完，瓊安忍不住笑出聲來。薇薇安瞪著她說：「我說的是真的，他真的不像個男人的樣子嘛！」

「那妳認爲男人應該像個什麼樣子呢？」

「在我心目中，」米雪兒搶著說了，「男人應該像電影中的『超人』，英雄救美，拯救世界！」

「不不不！超人太假啦！我倒覺得《亂世佳人》裡面的克拉克蓋博才是男人的典範，風流倜儻，溫柔體貼。」瓊安說了。

「我覺得勞勃瑞福才是眞正的男子形象，妳看他在《往日情懷》裡多帥啊！」我跟著說了。

「他們都太老了吧！我喜歡《男人百分百》的梅爾吉勃遜，粗中有細，既溫柔又豪邁。」薇薇安也加入了話題。

瓊安白了她一眼說：「拜託！他太早婚了！兒女成群有什麼意思！至於勞勃瑞福，」她指指我說，「妳看他演的《輕聲細語》柔焦鏡不知道用了幾片，美男子很容易年華老去的。」

「克拉克蓋博都不知道死到哪一國去了，風流倜儻也只是曇花一現吧！」我回嘴道。

「演《超人》的克利斯多福李維現在也成了殘廢，唉！這世上眞的沒有像樣的男人嗎？」米雪兒自顧自的說。

我們都陷入了沉思。說眞的，像個男人的樣子到底是什麼樣子呢？忠厚老實，誠實善良？或是風流倜儻，玩世不恭？像個大男人，讓女人有一個可以依靠的肩膀？還是做個新好男人，溫柔體貼兼做家事？男人的心像是緊閉的門，封鎖住了的訊息。但是我還是想要敲敲門，或許裡面有意想不到的好事？

古希臘哲學家柏拉圖認為宇宙有兩個世界，一個是我們身處的「現實界」，另一個是蘊含一切真理的「理型界」。現實界只是理型界的影子，再怎麼真也只是對理型界的模仿，就像山寨機再怎麼像iPhone，依舊不是iPhone。

每個人心中似乎都有一個「理想情人」的理型，但理型畢竟是另外一個世界的產物，就像是帥氣的電視明星，別忘了那是經過經紀公司、電視台等相關媒體包裝過、商品化的產物，私底下，這些明星也有屬於自己的怪癖。

然而，現實並非不美好，當有個人願意跟我們一起從不完美走向完美，這就是難能可貴的美麗愛情。

Story 36

香水與高跟鞋

無意間被翻動的
乾燥的花瓣，
竟然散發著奇異的香氛，
依稀是去年的那個下雨天，
與你相遇的
一種氣味。

雖然與保羅重新展開甜蜜的生活，但偶爾還是會想到理想的男人到底是什麼樣的形象？應該是雄壯威武，君臨天下的氣概，讓女人崇拜的英雄？還是體貼入微，把女人捧在手掌心的新好男人？

偶爾想不通的時候，我會撥個電話給麥可，跟他聊聊我心中的想法。這天他告訴我說：「莎賓娜！妳知道嗎？我常常覺得台北快要變成母系社會了！」

「什麼意思？」

「前幾天看電視上演了一個少數民族的紀錄片，在某些地方的婦女不喜歡結婚，因爲她們覺得嫁出去很苦，又要顧家又要工作，還要生孩子，丈夫又不體貼，只會偷懶，因此這些婦女會逃婚，或是已經生了好幾個孩子還是不肯到夫家去住。這就是母系社會的思想。」

「妳是說台北的女人不但要工作，還要照顧家庭子女，而且碰到丈夫不成材的，還得一肩扛起家庭經濟責任？」

「不！我是說台北的女人都不想結婚，是不是很母系社會的思維啊？」

我不是社會學家，無法回答他的問題。我只想釐清我與保羅之間的關係而已。在我上一輩的母親或姊姊們幾乎都是跟第一次約會或第一次牽手的男人結婚，他們不會有理想男人這樣的困擾。而在這樣開放的社會中，機會很多，女人的眼光也愈來愈挑剔。或許，男人也在用不同的尺度量著女人吧？

上個星期在塡個人資料時，不小心透露了這個星期三是我的生日，保羅聽在心裡，便默默幫我安排了兩個人的慶生會。他留了一張字條給我：

「親愛的莎賓娜：跟妳在一起的時光永遠都是新鮮有趣的，我要用特別的方法祝妳生日快樂！」我把字條夾在皮包裡，快樂了一整個星期。其實男人理不理想並不重要，重要的是他能讓妳快樂，不是嗎？

星期三下班後，我依約來到東區一間高級飯店的頂樓。這裡的餐廳氣氛高雅，四面玻璃窗還能看到燈光如織的夜景，坐在這樣的地方用餐，心情自然會浪漫起來。點餐之後，保羅拿出了一個繫著粉紫色蝴蝶結的盒子遞給我說：「這是個很浪漫的禮物，希望妳會喜歡。」

我打開盒子，原來是一瓶淡紫色的香水，聞起來有紫羅蘭的香味。突然之間，我覺得這瓶香水很面熟，但腦海中充滿了浪漫的情愫，我情不自禁的說：「紫色眞的好浪漫！我很喜歡。」

保羅也高興的笑著，對於我的反應顯然很滿意。吃完晚餐後，保羅又說：「其實我還要送妳一樣東西，但需要妳親自試穿才行！」

突然之間我覺得今晚我就是個公主，而上帝要給我三個許願！保羅帶我來到旁邊光華燦爛的購物心中，找到一家女裝店。我心中有點疑惑，爲什麼他對這裡如此熟悉？繼而一想，這裡也有男裝，或許他常來買衣服吧？

便不再多想。

他請店員拿出了那套衣服，我卻待在原地，不知如何是好。那是一件性感的洋裝，簡單大方，卻不是我的風格。「你——爲什麼會挑這一件？」

「我以前的女朋友喜歡穿——」保羅看我臉色不對，立刻要辯解，卻又發現自己說錯話了，僵在那兒。

我也不想掃興，畢竟今晚我就是公主，而且他在爲我買衣服，我也想知道那個以前的女人喜歡穿什麼樣的衣服，於是我輕聲細語的問他：「你說她喜歡什麼樣的衣服，讓我參考一下吧？」

「其實我不大懂女人的衣服啦！只是我以爲妳們都喜歡這種女人味的衣服吧！」他一臉無辜的說明著。於是我硬著頭皮將那件洋裝穿上身，雖然增添了一點女人味，但是束縛感很重，再加上我的腰身沒那麼細，整件衣服讓我喘不過氣來。保羅卻很高興，又繼續說：「等一等！還有一雙鞋子！」

店員拿出了鞋子，正是那種少奶奶穿的鞋子，尖頭細跟，穿起來擠得腳痛的鞋子。我勉強的擠進去，覺得自己不是灰姑娘，而是灰姑娘的姊妹了！保羅卻像個王子般拍起手來：「眞漂亮！妳就是我心目中美麗的化身！」

想想要成爲男人心目中美麗的化身也不容易，於是我就像是實現了三個願望的小公主，穿著這套新衣服、新鞋子，拿著香水，跟著保羅回家。我脫下鞋子，覺得腳都要腫起來了，看樣子當公主眞不是件容易的事。睡到半夜，我做了個夢，夢中保羅的前任女友穿著我剛買的那套衣服與高跟鞋，纏著保羅不放。突然之間我清醒過來，卻發現保羅不在身邊，我側耳傾聽，卻聽到一陣小聲的應答聲。誰會這樣三更半夜的打電話來？而保羅那種小心翼翼回話的樣子，似乎在安慰一個傷心人。而我默默在心中對他說道：「玫瑰花開得正燦爛，暗香浮動在你我之間，而我走過你的身邊，假裝毫無所覺。或許我只是想要讓你知道我的決心，在某一天，某一個玫瑰花開的日子，我終會離你而去。」

要讓自己學會遺忘很難，但更難的是，讓身邊男人也學會遺忘。問題是，有時候小三並不是一個實實在在的人，而是男人心中拋之不去的回憶。這個回憶偏偏不是完整的，而是過度美化後的產物，並成為評鑑新枕邊人的標準。面對這潛藏不露、卻在關鍵時候出現阻撓的回憶，妳又能如何對它作戰呢？

所以，女人能做的只有做好自己，剩下的，就是男人自己的考驗。忘不了回憶的男人，是沒有能力愛下一個人的，因此在他遺忘之前，與其說委屈虧待自己，不如說是過度寵溺男人的軟弱。

愛一個真正自由的男人，才能讓自己也在愛中自由。

Story 37

愛情的陰雨天

憂鬱的雲裡
隱藏著閃爍的陽光，
風暴般的眼神裡
隱藏著
難以捉摸的愛情。

春天的感覺慢慢的接近了，路邊的楓樹已經換上了翠綠的新葉。我的心情也像是容納不下的春意，偷偷的迸放著喜悅。

雖然保羅送的細跟高跟鞋不是我的風格，但想到是心愛人送的禮物，我還是甜蜜的穿出門，腳痛的穿回家。雖然女人味的洋裝不是我的風格，但爲了討好男人，即使是多變的天氣，我仍然勇敢的穿出門。尤其是那瓶我不怎麼喜歡的香水，對保羅卻有說不出的影響力，每次擦了香水，他就像是不可遏抑的愛戀我，也許這就是愛情的魔力吧？

一週之後，違背眞實心願的結果就是我得了重感冒，爲了怕傳染給保羅，我搬回家住。在自己的單身公寓裡，突然覺得好輕鬆，有時候似乎愛情也是一種負擔？

星期一早上到辦公室，本來想跟保羅打個招呼，但是看到他剛好在講電話就算了。接近中午時分，我到茶水間倒水，保羅的女祕書鬼鬼祟祟的跟在我身後，還拍了我的肩頭一下，我嚇了一跳。她卻誇張的說：「哈！終於被我發現了！」

「發現了什麼？」我提心吊膽的問道。

「發現保羅的祕密啊！」

「什麼祕密？」我小心翼翼的問道。保羅一直不想公開我們之間的事，就怕影響到他的主管工作。

「妳不是跟保羅很熟？怎麼會不知道啊？」她瞪大眼睛說。

「我眞的不知道啊！」我是死鴨子嘴硬，不肯承認。

「我發現保羅在戀愛了！」她得意洋洋的說。

我的心都快跳出來了，說話也有點結結巴巴了。「保羅在談戀愛——」

「妳難道沒發現？那天保羅要我幫忙他在最貴的餐廳訂位，結果匆匆忙忙出門，忘了帶皮夾。他打電話給我，要我幫他把皮夾送去。結果我看到他跟一個長髮披肩的女人在約會。」

「長髮披肩的女人？誰啊？」我下意識的摸摸自己的短髮，不可能是我吧？

「他今天還要我訂兩張歌劇的票。我都不知道他喜歡看歌劇呢！」

我不知如何答腔，剛好有人進來，我們的八卦話題就結束了。我坐立難安的捱到下午時分，趁著保羅及祕書都不在辦公室的當兒，我偷偷溜進保羅的辦公室，想看看到底有沒有什麼蛛絲馬跡，可以讓我找到這個男人變心的證據。

他的辦公室中看來一切如常，找不到奇怪之處。轉過身來，我看到他在祕書的桌上留了張字條：「跟客戶有約，有事先走。」我疑神疑鬼的回到自己的座位，心中百味雜陳。

下班後我搭捷運回家，出站後才發現下雨了。我呆在站口，有點不知所措。這時突然一把傘遮了過來，一個低沉的聲音說道：「妳這樣會感冒的！」

我抬起頭來，看到麥可在傘下對我微笑。我的眼眶突然紅了。「麥可！好久不見！」

「我以爲妳搬家了。打了好幾次電話給妳都沒人接。」麥可陪著我走在雨中，一隻手輕輕的搭在我肩上。

「我很忙——我感冒了，不太舒服。」我有點詞不達意。

「眞的？妳還穿這麼少的衣服！」麥可說著將外套脫下，搭在我肩頭。

「麥可！你眞的不想結婚嗎？」我突然想問他這個問題。

麥可笑了笑，卻不正面回答。「今天是陰雨天，女人的心情會受到天氣的影響。」

到了家門口，我想要把外套還給他，卻發現外套被打濕了。「哎呀！外套打濕了！這是名牌的外套呢！怎麼辦？」

「沒關係！送去乾洗一下就好了。」

我把衣服抓在手上說：「不好意思，我幫你送洗好了。」

麥可不置可否的笑了笑。我們就在電梯口分手了。回到家裡，我泡了個熱水澡，覺得舒服多了。這時我的心中又開始憂慮著保羅的事，連續打了好幾個電話都打不通。最後在一個衝動之下，我跳起身來，穿上牛仔褲、毛衣、球鞋，便衝到保羅的住處。

他果然不在家，雨仍然下著，就像我的心情一樣沮喪。我坐在保羅家門口的台階上，不知過了多久，保羅突然出現在我面前。他驚訝的說：「妳怎麼來了？」

看到保羅我說不出話來，只能癱倒在他身上。我很想告訴他：就是那樣的季節，微雨的天氣，微微潮濕的心情，纏繞成想念你的淡淡感覺。這時我聞到濃濃的香水味，似曾相識，就是那瓶他送我的香水，但是今天晚上我沒有擦香水啊！

在電光一閃之間，我彷彿看到一個景象：在那個舊梳妝台上，就放了一瓶一模一樣的香水。

當女人真正愛一個人，就算得活在不知道盡頭的地方枯等也甘願，然而，就怕等待的只是一場空。每個人都期望等待會有好結果，實際上，凡事都會有結果，但沒有人可以保證結果必定是好結果。究竟該不該等待的抉擇，就像降雨機率百分之五十的天氣預報，讓人無所適從。

正因沒有人能預測未來，我們得學習把愛情放在生命中適當的位置，放棄過多的揣測與猜想，把精力與時間花在完滿生命的事物上。

愛情固然重要，但不應該讓處於等待狀態的愛情佔據當下生命的所有。

Story 38

愛情不需要努力

已然放棄，毫無留戀，絕不遲疑。
只想倔強而瀟灑的向你道別，
但是轉身之間，
一種叫做愛情的淚水，卻無聲的流下。

雷雨交加的夜晚到底發生了什麼事，我已經記不清楚了。當我清醒過來時，卻發現自己躺在病床上，保羅守候在我身邊。我心中突然領悟到，只要女人脆弱一點，男人馬上就變得堅強了。

看到我清醒過來，一臉倦意的保羅微笑著親親我的額頭，揉著我的頭髮說：「老天！妳終於醒了！害我擔心了一個晚上！」

「怎麼了？我怎麼會到醫院的？」我的喉嚨很乾，說話有點吃力。

正在這時候護士進來了，看到我醒來便說：「很好，妳醒了！再睡下去要擔心妳得肺炎了！」她說著開始幫我量體溫。過了一會兒便說：「不錯！體溫已經降下來了。好好休息一下，等一下醫生會來看妳的。」

保羅很有耐心的等待著，直到護士離開才又說話。「看樣子妳沒什麼大問題了，我想回去給妳拿些換洗衣物來，再去上班。」

我點點頭，看著他離去。突然之間我的眼中充滿了淚水，爲什麼愛情要如此折磨人？讓兩個原本相愛的人卻因爲誤會而痛苦不堪？保羅似乎不想多說原因，而我也不敢多問。或許當眞相曝光的時刻，愛情也會因爲承受不住那樣的坦白而死亡。

保羅離開了許久都不見蹤影。護士及醫生都來過病房幾次了，仍然沒有他的消息。醫生說幸好我身體不錯，雖然感冒又淋雨，但並沒有大礙，休養一兩天就可以出院了。聽到醫生這麼說，我突然厭惡起自己的身體。如果我的身體嬌弱一點，我的意志力薄弱一點，保羅會不會多愛我一點呢？

到了中午時分，米雪兒卻推開門進來了。「米雪兒！怎麼是妳？保羅呢？」我忍不住失望的問道。

「保羅說要我幫妳拿一些換洗衣物來。他說他晚一點才能來。妳好一點沒有？」

我點點頭，心中委屈得說不出話來。米雪兒看我要哭的樣子便故做輕鬆的說：「對了！莎賓娜，妳床上怎麼有一套男人的西裝啊？」

「哦！糟糕！那是要幫麥可送洗的衣服，我還沒時間送洗呢！」我叫了起來。「保羅沒看到吧？」

米雪兒聳聳肩說：「你們三個人之間也太複雜了，連我都搞不清楚了。我要回去上班了，下班再來看妳。」

米雪兒走了之後，我一個人躺在病床上胡思亂想。或許保羅看到那套西裝，誤會我跟麥可發生什麼事了，才氣得不肯來了。我坐立難安，很想打電話給他，但護士進來給我打了一針，強迫我休息，不久之後我便昏睡過去。等瓊安出現在我病房中時，已經是下班時分了。我正在跟瓊安訴苦，告訴她我與保羅之間的種種問題。這時薇薇安卻推門進來，一臉倉皇的神色。我還沒開口，她就對瓊安說：「妳能不能先出來一下？我要跟妳講一下話。」

她倆詭異的出去了。我一個人待在床上納悶不已。過了幾分鐘，她倆又進來了，這回她們的臉上又多了一點奇異的神色。「怎麼啦？發生什麼事了？」我忍不住叫道。

「莎賓娜！妳深呼吸一下，我要告訴妳的是愛情這東西是妳的就是妳的，不是妳的再努力也沒有用！」瓊安好像在跟我打啞謎一樣。

「妳在說什麼啊？」我的心中有不祥的預感。

微薇安開口了。原來她剛剛要來醫院時，就看到保羅走在前面。她以爲保羅是來看我，就跟著他上樓。以前她來我辦公室看過保羅，保羅卻不認識她，因此她也不好意思自我介紹，心想待會兒見面再說。薇薇安看到保羅走進了一間病房，心想等一下再進去比較好。於是她等了五分鐘，再敲敲門進去。結果她看到保羅摟著一個女人。她想：「莎賓娜怎麼回事？看起來兩個人明明好好的嘛！爲什麼說吵架呢？」

然後保羅抬起頭來，薇薇安卻看到他懷中的女人頭上綁著紗布，半邊臉瘀青，根本不是莎賓娜！

她很尷尬的說：「哦！對不起！我走錯房間了！」

薇薇安下了樓，重新確認過我的病房，才找到我。「我會不會是看錯人了？」薇薇安一臉狐疑的說，「可是那真的是保羅啊！但是那個女人又是誰呢？」

我們三個面面相覷，不知該說些什麼才好。最後瓊安說薇薇安可能認錯人了，她倆要我多休息，便匆匆走了。我一個人待在病床上，心中有如一團亂麻。正在這時候，有人敲門了。麥可帶著一籃水果進來。一見到他我立刻流下淚來。麥可連忙摟住我說：「別哭！我不過是晚來了一點，妳就這麼想不開啊？」

我忍不住又笑了。他便說：「我來幫妳削蘋果！蘋果富含維他命C，能幫助妳感冒快快好起來！」

他說著開始削起蘋果，我卻沒有心情與胃口吃蘋果。麥可見我沒精打采的樣子，便先告辭了。快要九點了，保羅卻一直不見蹤影，我正想打電話給他，電話鈴聲卻響了，是保羅打來的。

「保羅！你怎麼不來看我呢？」我委屈的說，聲音中有點責備的感覺。

「莎賓娜，我本來要來的，但是看到麥可走進妳房間，我想就算了。」

「你別誤會啊！我跟麥可根本沒什麼，只是談得來的朋友而已！」我結結巴巴的解釋著。

「莎賓娜，其實我考慮了很久，一直沒法當面跟妳說。我覺得還是在電話中說比較好。我——我想我們還是分手算了！」

「爲什麼？」我嘶喊著。

保羅嘆口氣說：「唉！莎賓娜，妳沒有我還是可以活得好好的，她沒有我卻不行！」

我的心跌入谷底。保羅的聲音彷彿近在咫尺，但卻遙不可及。

走在愛情的路上，突然間遇見了你，就像是預想不到的幸福，突然在我的心中綻放光芒。但是幸福卻轉過身，悄悄的離去了。

女人和男人的不同，就在於女人有更強的感性。這不意味著女人沒有理性，只是愛情中，女人更注重關係，很容易在乎對方勝過自己。以至於當愛情離去時，理性無法說服感性而陷入短暫無解的巨大哀傷中。這不是脆弱，只是女人甘願在愛情中放棄一點堅強的代價。

最痛苦的時候，就找一個不說話、深不見底的樹洞，把內心所有的黑暗傾吐進另外一個深淵。也許需要很長的時間與之相對，但這不會是永遠，正如那個不對的人在女人生命中只走過那幾頁，下一段，女人還是會用盡一切去愛。

只是請妳在下一段愛情前多想一想、看一看，讓愛因對的人歡唱，別再為重蹈覆轍而啜泣。

Story 39

複製的愛情

因為等待，明白了什麼是思念；
因為等待，知道了愛情的滋味；
因為等待，
才能夠付出更多的愛。

春天的氣息如此強烈，一大清早，我就被誤闖陽台的小鳥叫醒了。陽台很小，僅能容納兩三盆花。經過一個冬天的寒凍，那些盆景看起來已經奄奄一息。但是在春天的浪漫召喚之下，乾枯的枝頭仍然綻放出了翠綠的新芽。

我打開陽台的落地紗門，小鳥早已經離去，我伸了一個懶腰，心情卻並沒有因爲這樣的春意而開朗起來。雖然我早已經過了爲春天傷情的年紀，但是每到春來，惆悵還依舊，或許就是這樣的感覺。

上個星期從醫院回家之後，我又請了兩個星期的假，我打算好好思考一下自己的未來。最重要的是，我覺得自己無法再面對保羅。不知道爲什麼，自從保羅打了要分手的電話之後，我整個人就好像垮掉了一樣，雖然瓊安等人經常打電話給我、安慰我。但我總是很冷靜的告訴她們：「不要安慰我，我好得很。」

我穿上運動衣，正準備出門去走走。在拿鑰匙時卻看到上個星期要繳的電費單還在桌上，今天如果再不繳就要過期了。於是我又換了一下比較正式的衣服，打算到銀行一趟。

在公園的對街就有一家銀行，平時我從不會到那兒去辦事。不過今天我已經不想再到遠處去了。我穿過枝頭綻放著春意的樹林，來到銀行前面。正要進去時，銀行的玻璃門卻打開來，保羅竟然走了出來。我怔在原地，不知如何是好。他看到我也很驚訝，有點結巴的說：「莎賓娜——妳怎麼會在這裡？」

我說不出話來，眼淚卻不爭氣的流了滿面。他拉著我的手，把我帶進了公園裡。我們在一方石椅上坐下，陽光穿透林間，溫暖的照射在我的頭髮上，春天的風已經將我的淚水吹乾。

「保羅——我知道自己脾氣很拗，常常得理不饒人，但是我願意改——」我很困難的開了口。

「不！莎賓娜，不要改變妳自己。」保羅卻阻止了我，「我就是欣賞妳的獨立自主。」

「那你爲什麼要離開我？」

保羅嚥了嚥口水說：「我一直很不想說出來，但是，對我來說，愛情應該是一種被需要的感覺。我很謝謝妳給我一個愛情的自由空間，我跟妳在一起很輕鬆、快樂、自由。但是對我來說，被人需要才是我生存的價值。」

「我很需要你啊！」

保羅卻不理我，繼續說下去：「從小我就渴望做一個英雄人物，但是在現實生活當中，卻沒有機會做這樣的人物。我發現只有在愛情中才能讓我感覺到自己還是個英雄。妳是一個獨立自主的人，跟妳在一起很輕鬆，任何事都不必我操心——那就好像是心臟病人跟心律調節器的關係。以前的我就像個心臟病人，心律不整，忽快忽慢。有了調節器之後，讓我的心臟維持在一個正常的狀態下，我就以爲自己的心臟已經沒有問題，也滿足於這樣的替代方案了。但是有一天，我又遇見了過去的女友，突然之間我又覺得心好痛，原本我以爲自己已經好了，現在我才知道那樣的痛苦很快樂！」

保羅說著頓了一下。他看我默不作聲便又繼續說：「我覺得我和妳在一起只是在複製愛情，我希望妳穿上她愛穿的衣服，希望妳擦她喜歡擦的香水——慢慢的，我已經知道我在欺騙自己，也在欺騙妳。那天去幫妳拿換洗衣物時，看到妳床上擺著一套男人的西裝，我眞的是鬆了口氣。在這之前，我一直以爲背叛了妳，心理壓力很大。看到妳可能有另外的機會，我反而放心了。她自從結婚之後，夫妻感情一直不好，那天剛好兩人又打了一架，才會到醫院去的。現在她已經在辦理離婚了，剛好是最需要我的時候，我實在無法拋棄她不管。」

保羅的每一句話都像是一把刀插在我心上。既然他認爲我是堅強的女子，我也就成全他的幻想，假裝出堅強的樣子說：「好吧！我還有事情要辦，不跟你多說了。也許那一天我會找到眞正屬於我的英雄吧！」

陽光下的保羅看起來已經像是個夢境，而我正悄然遠去。生活總是把我們帶向不知名之處，我們總是在離去的街頭告別。或許有一天我們將會合，或許我們會一起等待，直到我們自己進入彼此依稀的夢境。

因為愛，讓女人總習慣在感情關係中扮演對方喜歡的人，久而久之，不僅男人忘了自己喜愛女人的原樣，就連女人也忘了自己的本性。然而這一切讓男人以為女人接受了他的謊言，實際上女人並沒有被謊言欺騙，只是女人能看到一個希望，希望那個人變好，變成光，變成自己小小世界的太陽。直到有天，當男人想斬斷關係時，女人在驚懼中發現，回不去的不只關係，還有自己。

女人們，別再為愛放棄了自己。相反的，妳該更努力做自己，好確認男人愛上的是真正的我，而不是某個幻影。

Story 40

愛情的旅行

總是懷著期待的心情，能在開門的瞬間看到你；
總是幻想著童話故事，能夠執子之手白頭偕老；
總是知道自己，
永遠迷信愛情，無怨無悔。

窗外的陽光刺得雙眼睜不開來，我趕忙將窗簾拉上，讓室內保持一片清陰。或許這正是失戀者的心態，我自嘲的想著：「在戀愛中的人看到小鳥都以爲在爲他歡唱，陽光也是爲了歌頌愛情而出現的。失戀的人卻以爲喧囂的小鳥是在諷刺他的失意，而太陽正在窺視他的傷口……」

正在胡思亂想之際，電話鈴聲卻響了。我躺在床上，一點也不想起身接電話。或許我可以一直這樣躺到天黑，等到陽光消失，別人都看不見我心頭在滴血時，我才能再起身吧。

電話響了許久後終於停住。我翻了個身，想重新入睡。只有在夢中，或許我可以尋回那美好的愛情。床頭邊的手機又響起來，我勉強的翻過身將手機拿起來，看看是米雪兒的號碼，便接了電話。

「莎賓娜！」說話的卻是薇薇安，「不要再躲起來啦！跟我們一起出去走走！」

「我沒有躲啊！我只是太累了在休息嘛。」我沒精打采的說。

「反正妳已經休息了一個星期，也該夠了。我就在妳家門口，快來開門吧！」

我嚇了一跳說：「妳不上班，眞的跑來找我？」

「當然！我們沒辦法給妳愛情，但是可以給妳友情的滋潤啊！」

我打開門，竟然是她們三人站在門口，我揉揉眼睛說：「妳們跑來幹嘛啊？」

「走吧！不要睡了。已經是午餐時間了，妳一定什麼都沒吃吧？」

她們不由分說將我帶到一家餐廳去。一個星期以來，除了晚上出門在街頭閒逛，一下子看到大白天的陽光，還眞讓我有點不能適應。

「莎賓娜！」瓊安先說了，「妳要知道妳還算好命的！妳愛上的保羅只是回到舊情人身邊，要知道有的人愛上的男人是回到另一個男人身邊呢！」

「一點也不好笑！」我沒好氣的說，自己卻又笑了。

「有沒有什麼辦法將保羅搶回來啊？」米雪兒憂心忡忡的說。

「我有個建議，」薇薇安胸有成竹的說，「有個女人跟男朋友分手後，愈想愈不甘心，於是就藉口打電話給那個男人。而且經常挑選三更半夜，別人可能正在跟新的女朋友卿卿我我的時刻，她就打電話去說：『哎呀！眞不好意思打擾到你，不過我有兩張ＣＤ忘在你家了，能不能明天請快遞送還給我？』隔了兩天，她又在晚上打電話過去說：『對不起！又來麻煩你了！我放在書櫃上的照片能不能還給我？』男朋友只好照辦。就這樣三不五時的打電話，最後連馬桶的水箱裡都變成她放東西的地方了。那個男人最後終於投降了，不但把東西還給她，兩個人還舊情復燃呢！」

「那妳要不要也如法炮製，找藉口去干擾保羅一下？」米雪兒問道。

「哎呀！世界如此美麗，愛情如此美麗，何必爲了一個男人苦苦留戀呢？」瓊安卻不同意她的說法。

我沒有正面的回應，只告訴她們我會回去想想看。午休時間也差不多結束了，她們紛紛離去，我一個人重新回到孤獨的時空中。但是走在陽光下，我好像又找回了生存的勇氣。就在這時候，我看到前方有一張大大的海報，是一張圖畫的局部特寫，一個女人的背影站在風中，手上拎著一個東西，卻被切掉了。

我心中一動，便循著指標朝藝廊的方向走去。走到大廈的二樓，便是那個畫展的地點。我走了進去，果然看到牆上是一幅完整的畫面，畫中的女子背對著我，長髮在風中飄揚。她的手中提著一個箱子，旁邊的畫名標示著「答案」兩個字。

我站在這幅畫前，思考著答案。旁邊卻有兩個中學女生在熱切的討論著。其中一個說：「我想她是要回家。從遠方歸來，正在返鄉的路上。」

「不！我不覺得。我想她是要出門遠行，飛往天涯的盡頭。」另一個則說。

「在那個箱子沒有打開之前，沒有人知道她是要回家，還是要遠行。」

我在心中想著，「這就像是戀愛一樣，只有自己知道妳是要離開一個男人，還是要重新回到他身邊。」

默默看著女人的背影，我的心中好像找到了答案。離開藝廊之後，我回到家中，打開塵封已久的電腦，在螢幕上打下一行清單：

衣櫃中有兩件毛衣，一件白色的，一件藍色的，

原本是要送你當生日禮物的。

一盒化妝品，尚未開封，

冰箱中還有一包梅子，

茶杯托盤中的一個玫瑰花馬克杯是我的，

牆角的鞋櫃中有兩雙平底鞋，

床頭櫃上方有兩張我的ＣＤ。

以上物品請儘速快遞送還給我。

電子郵件傳出去了，收件人是保羅。我的愛情終於有了答案。就像瓊安說的，愛情如此美麗，我仍然可以繼續追尋屬於我的美麗愛情。我知道在不斷進出的車站中，總是在上演著浪漫的邂逅，在每天出門搭車的時刻，就是愛情旅行的開始。

「你知道嗎？我原諒你了。」

要真正原諒一個人其實很難，但當妳發現，所有的原諒都是放過自己時，讓自己從痛苦的舊日記中解脫，原諒成了必要的儀式。

原諒那個人，等於原諒自己，在重獲新生之後，女人再次活得精彩。

國家圖書館出版品預行編目(CIP)資料
在戀人與非戀人之間 / 朱衣著. -- 初版. -- 臺北市 : 大塊文化, 2013.11
面 ; 公分. -- (幸福主義 ;07) ISBN 978-986-213-474-0(平裝)
857.63 102021246

N^3

N^3

N^3